王寒 著

东海寻鲜

浙江人民出版社

图书在版编目（CIP）数据

东海寻鲜 / 王寒著. — 杭州 ：浙江人民出版社，2023.4（2023.5重印）

ISBN 978-7-213-11022-1

Ⅰ. ①东… Ⅱ. ①王… Ⅲ. ①散文集–中国–当代 Ⅳ. ①I267

中国国家版本馆CIP数据核字（2023）第046463号

东海寻鲜

王寒 著

出版发行	浙江人民出版社（杭州市体育场路347号 邮编 310006）
	市场部电话:(0571)85061682 85176516
责任编辑	余慧琴
责任校对	姚建国 汪景芬
责任印务	刘彭年
封面设计	毛勇梅 朱珊珊
电脑制版	杭州兴邦电子印务有限公司
印 刷	浙江海虹彩色印务有限公司
开 本	880毫米×1230毫米 1/32
印 张	10
字 数	186千字
插 页	4
版 次	2023年4月第1版
印 次	2023年5月第2次印刷
书 号	ISBN 978-7-213-11022-1
定 价	88.00元

如发现印装质量问题,影响阅读,请与市场部联系调换。

味道的味，味道的道

一

新东方董宇辉直播卖樱桃时，他说"树上的樱桃望过去就像漫天星河"；卖火腿时，他说"是风的味道，是盐的味道，是大自然的魔法和时光腌制而成"；卖牛排时，他说"美好就如山泉、就如明月，就如穿过峡谷的风，就如仲夏夜的梦"。

我很好奇，如果让他卖海鲜，他该如何用诗一般的语言来形容大小黄鱼、章鱼墨鱼、虾兵蟹将？如何把海鲜说得优雅而有文化？

二

故乡在东海。

在遥远的古代，华夏以东的海域，皆称东海，浩浩汤汤，横无际涯。现今地理学上的东海，是长江口以南、台湾海峡以北的海域，濒临沪及浙、闽、台三省，这一带，有中国最多的岛屿，最鲜的海味。

大陆流入东海的江河，长度超过百千米的河流，有四十多条，长江、钱塘江、瓯江、闽江，是注入东海的主要江河，它们日夜奔流，在穿越千山万水的同时，也将陆地和大山的泥土带入大海。海洋中的大部分微量元素就来自这里，这是鱼儿最主要的养料，也是东海海鲜鲜美的源头。

我知道，来自东海的每一口鲜甜，都跟江河、大地、海洋有关。

这是味道的道。

三

形容江南的词语很多，少年时，我喜欢杏花春雨、杂花生树的华丽美好，人到中年，则喜欢鱼米之乡、饭稻羹鱼的质朴天然，因为它蕴含着鱼肥虾壮稻花香的富足。

二十四时，三十六味。桃花鲻鱼、清明马鲛、芒种虾皮、夏至鳓鱼、大暑鲈白、秋风蟹紫、西风鳗肥……

人间烟火中，是让人垂涎的大海滋味。

四

这一年，我在东海寻鲜。从钱塘口岸出发，沿着海岸线，一路向南。从杭州湾到象山湾、三门湾、台州湾，直到乐清湾。八月的第一天，我与《海鲜英雄》摄制组一起，站在开往东海的渔船上，等待着午时开渔的号令。正午的阳光灼热而猛烈。船头犁起的浪花如无数跳跃的鱼儿。

开渔令下，汽笛鸣叫，千帆竞发，鲜美滚滚而来。两三个时辰后，来自东海的头网海鲜就出现在水产品交易市场中，鱼鳃鲜红，眼睛黑亮有神，身子鲜亮紧致，水潺白胖透明，沙蒜圆滚壮硕，带鱼如利剑般闪耀着光芒。开渔是舌尖的狂欢。

没有追过鲜的人，一定不会知道，透骨新鲜的海鲜，是没有腥味的。

五

每一条鱼的背后，都有山川风物、人文地理。

江河浩荡，终将注入大海，但江河与大海，并非泾渭分明。有些鱼类，生活在大海，产卵于江河入海口，产卵之后，有的重回大海怀抱，有的则定居于江湖。

在古人眼里，寒露时的鸟雀会变成蛤，北海的大鱼会变成大

鹏鸟，能够翱翔万里逍遥游，蝙蝠能变成蛤，鱼能化成龙，水泡也会变成水母。

海洋与天空的距离，并不遥远。

不止于此。千百年来，鱼类与人类，有着无数的情感羁绊：鲋鱼的鳞片成了佳人额上的花钿；东海的鲛鱼皮装饰了英雄豪杰的刀鞘；龙虾的空壳化身为美轮美奂的明灯；鹦鹉螺成为华美的酒杯；流螺成为唐宋宫廷幽幽的暗香；海月的贝壳成为明亮的窗户；黄呼鱼是海底刺客；钢盔一般的鲎，最怕的是蚊子；棺材头蟹见潮水就拜，角鮟鱇是天生的软饭男……

美味背后是传奇。

六

大海有恩。

大海博大深邃，为我们提供万千海错。千百年来，人类依赖和敬畏着大海，周朝天子祭川，先祭祀黄河，再祭祀四海。东海渔民开渔，要虔诚祭海谢洋，以祈求鱼虾满仓，家人安康。

生活在东海边的人，血液基因里自带"鲜"的记忆，周岁开荤的黄鱼鲳鱼、结婚宴席的黄鱼龙虾、朋友聚会的把酒持螯、除夕团聚的年年有鱼……一箪食一瓢羹里，有鲜活鲜美。懂吃爱吃的人，总能活得热气腾腾。

新荣记创始人张勇说，美食让人生更美好。

陈晓卿说，我们想用食物给大家描绘一个美味的故乡。

沈宏非说，讲美食，讲的其实就是人、食物与土地之间的关系。

我写《无鲜勿落饭》，写《江南小吃记》，写《东海寻鲜》，也是想告诉大家：人间有味，是味道的味。

目录

1

东海至味

桃花鲻鱼

一

家乡有渔谣，“正月雪里梅，二月桃花鲻，三月鲳鱼熬蒜心，四月鳓鱼勿刨鳞”。春三月，东海岸的风带着些微的暖湿，山野竹笋已肥白，竹外桃花三两枝，这个时候，不来条鲻鱼尝鲜，未免太辜负春天了。

赏桃，品茗，食鲻，赋诗，是旧时江南文人的春日雅事。在食鱼上，素有“春鲻夏鳎”之说，东海鲻鱼在桃花时节，肉质最是丰腴肥美，夏日炎炎，则要吃鳎鱼。除了春日食鲻鱼，每年立冬前后，也是食鲻鱼的好时节，冬日里的鲻鱼，腹背皆腴，格外肥嫩。

在家乡，鲻鱼是寻常不过的海味，从它的名字，大概可以推断出它的长相。郝懿行《记海错》云："鲻之言缁也，其色青黑而目亦青。"缁，即黑色，古代的黑色朝服就称为缁衣。鲻鱼还有好几个小名，乌鱼、乌支、乌头、黑耳鲻、白眼、白眼棱鱼之类。

鲻鱼的头，短而平扁，身材像个棒槌，背部青黑，上半部有几条黑色纵带。眼睛大而圆，眼珠外一圈颜色发白，看上去像是白眼，有些地方索性把鲻鱼称为白眼鱼，让我想到八大山人画的鱼，在八大山人的画笔下，鱼的眼珠子总是向上翻，以白眼示人，一副桀骜不驯的神态，怪异晦涩中，隐含苦痛。八大山人作为明代宗室子孙，明灭清兴，他不肯臣服于新王朝，画翻白眼的鱼表示内心的不满与愤怒。我觉得他还可以在家里挂一尾鲻鱼，以此明志。

二

鲻鱼、鲈鱼、鲥鱼，这三种鱼，经常被人拿来一比高下。鲥鱼鲜美，为达官贵人所喜爱，它多刺，有拒人千里的清高。至于鲈鱼，它的一举一动已上升到文化的高度，莼鲈之思，成了"乡愁"的代名词，味道反倒是其次。

我倒是喜欢鲻鱼，不挑食，连泥巴都吃，味美，少刺。套用鲁迅先生的话，吃的是泥，长的却是一身好肉。去掉那些虚头巴脑的东西，单论美味，比起鲈鱼，它更胜一筹。鲻鱼有"鲥舅"之称，可见其味道，也是胜过鲥鱼的。

三国时，吴王想吃鲜美的鲻鱼片，方士介象道，这容易。他在殿前挖一土坑，灌满水，果然钓到一条大鲻鱼，切成雪白的生鱼片，又让仆人骑上竹竿，到千里之外的蜀地买来蜀姜当调料，吃得吴王眉开眼笑。这事记在葛洪的《神仙传》里，颇有意思。

南宋罗大经《鹤林玉露》里记载了一件事：权臣秦桧的妻子王氏入后宫，与宋高宗赵构之母韦太后闲聊，太后说这些日子大鲻鱼很少见到，王氏脱口而出，我家有，送百条过来。回家后，跟秦桧一说，秦桧怪她头脑简单，怎么可以在皇室前显摆呢？赶紧找府中幕僚商量。次日送宫里一百尾青鱼。韦太后见后，大笑，这是青鱼，哪里是鲻鱼。王氏这老婆子，果然没见过世面！

鲻鱼之鲜美，是毋庸置疑的，家乡甚至以"鲜鲻鲜利利"来形容小孩子撒娇或女子发嗲。家乡话中，以"鲜"字形容鱼，有鲜美、新鲜、鲜甜之意，形容人，意思就是嗲瑟，乡人常以"鲜嗒嗒"三字，形容一个人嗲瑟得跟鱼儿刚出水一样，难以自持。鲻鱼的鲜美远胜于一般鱼类，当家乡以"鲜鲻鲜利利"来形容女人发嗲时，足见此姝"鲜"得实在厉害，类似于杭州话中的"纤杀杀"。

鲻鱼生长在海水和淡水的交汇处,家乡称为"咸淡冲"的地方,这里吸收了大海和江河的营养,饵料丰富,为鲻鱼提供了丰富的口粮。鲻鱼因为长途跋涉,运动量充分,肉质紧致。它跟鲥鱼一样,大海是原乡,江河是产房。春江千里长,它在江河完成了生儿育女的重任,重新回归壮阔的大海。

鲻鱼生命力健旺,家乡谚语,"黄鱼会叫,鲻鱼会跳",碰到鲻鱼旺发,坐着船穿行在河道中,木桨击水,惊动水中鲻鱼,鲻鱼会自动跳到船上。

鲻鱼味美,但不似鲥鱼的刚烈偏执,非清蒸不可。鲻鱼亲民得很,红烧、清蒸、氽汤、油煎皆可。在家乡,海边的渔家乐都有鲻鱼,或红烧或清蒸。"鲻鱼"中的"鲻"字,有点难写,渔人不会正儿八经地写成鲻鱼,通常潦草地写成"支鱼",食客一看,心知肚明,无须多言。

鲻鱼可晒成鲻鱼鲞。晒干后,头部铁硬,家乡称之为"铁钉头",鲻鱼头无肉而难吃,平常人家不会去吃。家乡话中,挨批评或遇事碰钉子,称为"荡(吃)了鲻鱼头"。说来有意思,时尚圈里,一度流行鲻鱼头,据说最有人气的男明星,都剃过这种潮流的发型。鲻鱼头顶部短,两边侧铲,发尾留长,造型和鲻鱼很像,故名。

棠苑云松江海民於湖泥中
鑿池仲春於湖水中捕小鯔
益寸者養之秋雨盈尺腹背
皆腴為池魚之最其魚至冬
能穿泥自藏水草云此魚食
泥與百藥無忌久食令人肥
徤神女傳載介象與吳王論
魚味稱鯔魚為上乃於殿前
作方坎汲水餅鯔鮬之

鯔魚腎
鯔魚嗽泥
日赤背豐
至冬伏土
性同鼇癥

三

故乡得山海之利，出名的海鲜很多，"新河鲻鱼石粘蛇，长屿黄鱼豆子芽"，说的就是老家温岭的四大美味，鲻鱼排在第一。温岭为全国渔船最多的县级市，拥有华东最大的海鲜批发市场，牧屿的红烧鲤鱼、新河的清水鲻鱼、松门的鳗鲞、长屿的黄鱼、大溪的龙虾、潘郎的黄鳝、石塘的黄鱼酒，都很出名。温岭人说起海鲜，跟鲜鲻一样，"鲜利利"的。

三门的鲻鱼，风头不在温岭之下。三门有三门湾，这里的海水盐度适中，微生物密集度位居全国海域前列，有百万亩的浅海、滩涂及海水养殖基地，跳鱼、青蟹、河豚、蛏子、泥螺、望潮、鲻鱼等，声名远扬。台州人嘴刁，讲究"海鲜不过夜"，外出的渔船凌晨一两点回到码头，饭店老板凌晨三四点顶着星光去码头收鱼，到了中午，东海顶级的海鲜，就出现在餐桌上。

对待鲻鱼，最常见的就是家烧，很家常，却也保留了食物最本真的味。所谓家烧，就是先呛猪油，再入老姜、蒜块，倒黄酒、酱油，下红糖，这样烧出来的汤汁格外鲜甜醇美，鱼肉肥厚入味。汤汁冻后，晶莹暗红，色如琥珀，是鲜美无比的鱼冻，用来过泡饭，是极好的。故乡的鲻鱼烧年糕，让我念念不忘。鲻鱼切成大小薄厚均匀的块状，红烧后放入年糕，鱼汤中的鲜味渗入

年糕中，鲜美程度跟黄鱼汤年糕有得一比。

某年油菜花开，我"杀"到三门，同学老郎夫妇陪我到健跳港和蛇蟠岛，请我吃当地顶鲜的海味。老郎是三门土著，为人质朴憨厚。海边长大的老郎，从小讨小海，对海鲜如数家珍。犹记得那次的清炖河豚和清炖鲻鱼，鲜得眉毛都要掉了，鲻鱼一身白肉，嫩滑如豆腐，鱼子粒粒爽爆，来不及细嚼慢咽，一下子就溜进肚。众人把酒言欢，其喜洋洋者矣。

对于鲜味，敝乡人民的舌头始终保持着高度统一。鲻鱼有二十多个品种，清末家乡的老秀才蔡骧在《土物小识》中有记，"鲻鱼苗，清明前生者，小曰杨柳青，大则为乌眼、乌泽，清明后生者，在湖而小，为黄眼；入海而大，为鲻鱼。谷雨后生，头上有棱者，为三棱，霜降时获得者，曰打霜鲻"。实际上，黄眼的是梭鱼，跟鲻鱼长得很像，如双胞胎，当地人称之为"黄眼鲻"，路桥金清的黄眼鲻，远近闻名，肉质格外肥美。当地人订婚送礼，除了送黄鱼，还有送鲻鱼的，意为有子有孙。

四

乌鱼子、乌鱼肉、乌鱼肫被称为"乌鱼三宝"。鲻鱼肉质鲜美，不过鲻鱼最好吃的部位，不是鱼肉，而是乌鱼子和乌鱼胗。

李时珍说水獭很喜欢吃乌鱼子。乌鱼子就是乌鱼卵，春季是鲻鱼产子的时节，其子满腹，带有黄脂，味美异常。唐代时，乌鱼子就是贡品，"吴郡岁贡鲻鱼三十头……春子五升。"春子就是鲻鱼子。

冬至时节，浙闽沿海的鲻鱼向往更温暖的地方，游到台湾海峡以东的海域产卵。台湾人捕获鲻鱼后，一般将雄鲻鱼直接卖掉，将雌鱼腹中卵巢取出，漂洗干净，用薄盐腌渍，压扁脱水后，挂起来晾干。上品的乌鱼子，形状如一锭墨，表面呈琥珀色，玉一般润泽，闪闪发亮犹如金块。整个东南亚地区都好这一口，台湾人称之为"乌金"，泰国人称它"玉食"，日本人则称它"唐墨"。某年我去台湾，特地去士林夜市找乌鱼子。一根根牙签串着一串串烤好的黄色乌鱼子，新台币5元一串，口感有点像咸蛋黄。夜市做法，到底粗糙。讲究人吃乌鱼子，先用棉花蘸白酒擦拭表皮，再小心撕去表皮，切成薄片装碟，用文火微炙，皮面微焦，一粒粒小泡泡鼓起，口感清逸涒润，不似夜市烤乌鱼子那般厚重咸香。

除了鱼子，鲻鱼肝像算盘珠子，鲜嫩至极。鲻鱼的鱼胗，也别有风味。鲻鱼的口味很杂，以刮食水底泥表中的有机物为生，也吃海藻、小虾和小型软体动物。如果是人工饲养的鲻鱼，米糠、酒糟和糖糟都会吃。同其他鱼相比，鲻鱼的胃异常发达，进化成球形肌胃，如同鸡的砂囊。吃得多，消化能力强，牙好胃

好，吃嘛嘛香。鲻鱼的鱼胗，栗子大小，味道脆爽，又有嚼劲。按照以形补形的说法，鲻鱼的胃也可以补胃。

　　从前住在台州湾，春暖花开时，呼朋伴友踏春去，或温岭、或三门，鲻鱼总要尝个鲜。现在住在钱江湾，窗外桃红樱花白，而我，只能面对滔滔的钱塘江水，遥想故乡的美味鲻鱼了。

樱笋鲥鱼

一

黄永玉画过八哥，题字："鸟是好鸟，就是话多。"我也想对鲥鱼说一句：鱼是好鱼，就是刺多。

宋朝彭渊材平生有五恨：一恨鲥鱼多骨，二恨金橘太酸，三恨莼菜性冷，四恨海棠无香，五恨曾子固不能诗。张爱玲的恨比老彭少了两个，她说人生三恨是：一恨海棠无香，二恨鲥鱼多刺，三恨《红楼梦》未完。隔了千年的两个文人，好像串通好似的，都道鲥鱼美味，都恨鲥鱼刺多。

鲥鱼风姿绰约，色白如银，鳞片闪亮，苏东坡、郑板桥等皆称鲥鱼为绝色，清人谢墉甚至把鲥鱼比作美人西施，说江上打上来的鲥鱼，有西施倾城倾国的貌。黄梅雨季，鲥鱼肥美，可叹出

梅后盛夏就到了，再也难吃到这样的美味。

人世间，越有才华的人越有个性，是谓恃才傲物、桀骜不驯。江河湖海中，越是肥美的鱼，越是刺多，骨子里也有清高孤傲。鲥鱼扁首燕尾，清雅秀美，但身上多刺，性格刚烈，简直就是烈女，离了水，立刻红颜消殒，李时珍为它惋惜，说它"一丝挂网即不复动"，只要有网触碰到鳞片，它就决绝地告别人间，故有"惜鳞鱼"之称。

西晋的张翰为了莼鲈之思，毅然辞官，回归故乡，而比他早一百多年的东汉名士严子陵为了一尾鲥鱼，长隐富春江边，不入庙堂。富春江鲥鱼，与黄河鲤鱼、太湖银鱼、松江鲈鱼，并称为中国四大名鱼。相传，严子陵的同窗光武帝刘秀，封他为谏议大夫，请他出山辅佐治国，严子陵终是放不下舌尖上的美味和春江垂钓之乐，宁可当村夫野老，也不愿为相。

鲈鱼名气很大，但鲥鱼的鲜美远胜于鲈鱼，著名吃货苏东坡对鲥鱼的评价就比鲈鱼高，他道："尚有桃花春气在，此中风味胜莼鲈。"作为东海边上长大的吃货，我对东坡居士的评价深以为然。东坡居士是识货之人。鲥鱼的味道，真的比鲈鱼好太多了。

鮒魚江寧志中與鯽魚並載杭州志中與鯿魚並
載廣州謂之三鯶之魚福興漳泉亦有鯇魚閩志
亦載產江浙者取於江味美產閩者取於海味差
劣閩中亦不重鯽者時止江東四月有之而閩海
則夏秋冬亦有棄苑云此魚鱗白如銀多骨而速
腐是以醉鯽魚欲久藏始醃浸時技益必重亦謂
之鯖魚以其腹下刺如矢鏃

鯽魚賛

棄骨取腴魚中字迂
四月江南時我勿夫

博物志云比目魚兩魚並合乃能進棄苑云比目
不此不行南越人謂為桉魚字棄部曰鮥曰鰈
曰鮋並註為比目魚兩雅莫曰比目形如牛脾身
薄鱗細紫黑色半面無鱗一魚一目而無划水江
東志曰膾殘魚錢塘志曰鮜葉魚南粤志曰板魚

嘉葉魚賛

二

在江南，味美如河豚、刀鱼者，一过清明，鲜味就大打折扣，而鲥鱼真正的高光时刻是在春夏交界处，此时樱桃、青梅、蚕豆初出。"清明早，芒种迟，立夏小满正当时"，南风起时，鲥鱼最是鲜美。渔人抓到鲥鱼，用江边的绿柳枝穿鳃而过，清妙可人。想想当年，春日雪柳穿鲥，夏日荷叶裹鱼，简直就是江南的风物诗。

鲥鱼是真正的海归，常年生活在大海里，只有春夏之交，鲥鱼产卵，才会自海溯江，出现在长江、钱塘江、闽江、珠江等中国南方沙渚浅滩遍布的河川中。年年如此，从不爽约，故称鲥鱼。

立夏之时，鲥鱼大腹便便，体胖油多，脂肪肥厚。等产完卵，身材消瘦，肉老骨硬，鲜味大减。鲥鱼完成传宗接代的鱼生重任后，顺江而下，重新回归大海，小鲥鱼也顺流回归到大海怀抱。与风平浪静的江湖相比，鲥鱼更喜欢海阔凭鱼跃的感觉。

鱼之鲜，有的在头，有的在尾，有的在身，有的在籽，而鲥鱼，无一处不鲜，它从头到尾，从鳞到骨，从骨到肉，极尽美味，鲜到让人欲仙欲死。江南有"宁吃鲥鱼一口，不吃草鱼一篓"的说法，江南人民对它高看的，何止一眼？鲥鱼上市，配以笋片、火腿、黄酒清蒸，极简，却是极好的。春天的竹笋清鲜，鲥鱼鲜香，两者搭配，天衣无缝，是大美至味。

喜欢鲥鱼的人太多了，为了吃上新鲜的鲥鱼，旧时达官贵人不惜千金一掷。朱元璋最爱鲥鱼，打下江山后，钦定鲥鱼为贡品。明英宗时，为了保鲜，端午前后，首批捕捞的鲥鱼一出水，马上装在铅盒中，用冰填满空隙，泼上香油，以隔绝空气，再覆以碧绿箬叶，快马加鞭，日夜兼程，送往京城。三千里路程，只限22个时辰——44个小时内送到。旧时的物流、冷链，拼的也是速度啊。要吃上一口新鲜的鲥鱼，跟千里送荔枝一样，兴师动众，一骑绝尘，快马接力。物以稀为贵，鲥鱼金贵至此，不是大富大贵人家，哪能吃到这一口鲜？

三

野生的鲥鱼在20世纪已经被吃绝，它的极致鲜美，只活在传说中。现在我们吃到的，都是洋血统的鲥鱼，即便如此，其美味也胜却人间无数。鲥鱼以蒸为上，糟蒸鲥鱼，名列当年宫廷御宴满汉全席中的第三品。在家乡，最常见的做法是花雕酒酿蒸鲥鱼，取新鲜带鳞的鲥鱼，从中对剖，仅余背部相连，去内脏，鱼身上斜切几刀，插入笋片、火腿、香菇，身上铺少许白糟，以陈年花雕酒清蒸。花雕的醇香，渗透到鲥鱼的每一寸肌肤中，火腿、笋片用来提鲜，把鲥鱼的鲜肥提升到一个新的高度。过去住

赤龙山下，边上有家酒店，烧的花雕酒酿蒸鲥鱼最是味美，深得我心，我每去必点。

家乡还有红曲鲥鱼，烧前以盐水、姜水和黄酒浸泡，再铺上红曲，蒸十几分钟即可。烧好的鲥鱼，滑溜细腻，肥腴醇厚，有淡淡的酒味。蒸好的鲥鱼颜值、骨相俱佳，肉身细嫩无比，轻抿一口，鲜香入味，滑润如玉，尤其是紧贴鱼鳞的浅褐色肉质层，口感极佳，绵密鲜甜，让人咂嘴回味。

鲥鱼不必刨鳞，旧时文人称为鳞品第一。大片银色的鳞片附在鲜嫩的身子骨上，鱼鳞下有一层油脂，在文火清蒸之下，油脂慢慢融入鱼肉。取鳞片一二，放口中吸吮，有动人脂香。过去讲究的人家，嫌吃鳞麻烦，烧之前，下人会把鱼鳞一片片剥下来，用线串成一串，悬挂在锅盖下面，蒸气上来，鳞油滴落到鲥鱼上。旧有富家公子在外觅得意中人，说是大户人家的千金小姐。婚后，婆婆让新媳妇下厨做鲥鱼，蒸好的鲥鱼竟然无麟，婆婆怀疑女子身份。女子笑着从鱼身下扯出一道红线，线上有片片鱼鳞。原来方才鱼鳞已入锅同烩，食时捞起线头，鳞去留鲜。道是怕婆婆吃鳞麻烦，故此。

旧时有"鲥鱼吃鳞，甲鱼吃裙"之说，可见鳞片的鲜美。现在的养殖鲥鱼，鳞片如纸片，若学古人，硬嚼着下咽，倒显得可笑。

懂得吃鳞者，算是修行到家。但道行更高深的老饕知道，鲥鱼最鲜美的是下颌骨，人称"香骨"，肉鲜骨香，越嚼越有味。就着这一根鱼骨，可以下去三杯两盏淡酒，有"一根香骨四两酒"之谓。鲥鱼的鱼子，同样鲜美，盐水浸后，晒干，称鱼春子，很有嚼头。

鲥鱼的银白鳞片，还可以化身为佳人额上的花钿。明代《禽虫述》中记，把鲥鱼鳞片，以石灰水浸透晒干，层层起之，可以制成女人的花钿，银光闪闪，娇俏动人。花钿是古时女子发髻上的簪钗及妆饰面部的"小花朵"，富贵人家用金箔、银箔，平常人家用草叶、鸟羽等，鱼鳞、鱼鳃骨、蜻蜓翅之类，也都可以充当花钿。想起古人的风雅，真让我辈汗颜。

鲥鱼肉还是一味药。《本草纲目》载，鲥鱼肉"甘平无毒，补虚劳。蒸油，以瓶盛埋土中，取涂烫火伤，甚效"。说鲥鱼的鱼肉补虚劳，鱼肉蒸出油来，放瓶里，埋土中，可治烫伤。听上去有点玄乎。

江南地区，立夏要尝"三新"。旧时"三新"，有樱桃、青梅、鲥鱼，"明朝立夏须记得，鲥鱼樱笋下酒娘"，是吴越诸地的风俗。浙南的温州，立夏尝新，吃笋，吃青梅子、淮豆子，还要吃鲥鱼。鲥鱼价贵，小户人家吃不起，就以河鳗替代，故民国有"有钞票吃鲥鱼，没钞票吃河鳗"之说。温州人过立夏，还要买鲥鱼送人，上面放一两朵月季花，清人孙衣言有诗，"黄鱼风信楝花时，又点仙葩送雪鲥"，诗下自注："吾乡送鲥鱼，以月季花

掩映其上，姿态益妙。"想不到温州人还挺风雅的，并非一味地钻在铜钱眼里。

有一年立夏到温州，温州朋友陪游楠溪江，游完之后，请吃时令菜，上来一道花雕酒酿蒸鲥鱼。此时风吹楝花，花落一地，如积了一层薄雪，江边人家院落，蔷薇满架，引来蜜蜂嗡嗡。桌上一碟艳红的樱桃，一盘雪菜炒小野竹笋，半臂长的酒酿蒸鲥鱼，一大瓶乡间土酿的青梅酒，都是时令鲜货，一时间，花香、酒香、鲥鱼香，鲜香诱人，那个初夏着实难忘。

讨海归来(周凌翔　摄)

海底隐士石斑鱼

一

那一年，高考结束，等待放榜的日子，既心焦又无聊，整个高三冲刺阶段，天天跟打仗一样，没日没夜地学习，各种各样的考试，一根弦绷得紧紧的。一考完试，同学们全都放飞自我，管它成绩如何，先放松几日再说。几个同学相约去大陈岛，班长余波的家在岛上，这是我们去大陈岛的底气。

当年，余波的父亲是大陈岛台胞接待站的站长。平时，接待站里没什么台胞，房间都空着，我们七八个同学就住在接待站里。余波父亲话不多，黑红的脸上挂着笑容，接待儿子的同学，跟接待台湾同胞一样热情，天天变着花样给我们烧好吃的，虾兵蟹将，大黄鱼、黑鲷、海鳗、虎头鱼，还有各种叫不出名的鱼，餐桌上每顿都不重样。螃蟹煮熟后，放在脸盆里端上来，垒得像小山，大石斑鱼在大锅里煮熟，连锅端上来。

那是我第一次吃到石斑鱼。平素在家，因为父亲嗜鲜，海鲜也是餐餐有，但都是黄鱼、鲳鱼、带鱼、墨鱼之类，石斑鱼从未上过桌。一大锅石斑鱼端上来，块块鱼肉像白玉，鱼汤像牛奶，雪白浓稠，还有碧绿的葱团，土黄的姜块，翻滚在汤间。挟一块石斑鱼，那种鲜香，那种嫩滑，根本不用嚼，一下子就吞进肚子。石斑鱼没有细刺，吃得过瘾，有时吃到一块胶质的鱼肉，感觉嘴唇都要被粘住了。那鱼汤，更是浓稠鲜香，一碗鱼汤，呼噜噜一下子见底了，每人都吃了好几碗，个个撑得肚儿圆。那时年少，口味单纯，对丰腴肥美的滋味，感受尤其深。中午的石斑鱼吃得实在太饱了，以至晚上又来一桌海鲜时，如狼似虎的我们，已然失去了战斗力。

从此，石斑鱼的鲜美肥腴，就烙在脑海里。

二

工作后，上过大陈岛几次，也吃过数回石斑鱼，感觉都不如第一次吃到的石斑鱼那般鲜香。那时同学少年，无忧无虑，吃饭只是吃饭，再无题外之意。工作后，也常赴饭局，有时菜肴更丰富，但吃饭不再是单纯的吃饭。

故乡东临大海，长江口外辽阔的东海大陆架，是中国最丰饶的海域，整片海域温暖湿润，底质多泥，营养盐丰富，为鱼、虾、蟹、贝、藻提供了生长的养分，浙江沿岸流和台湾暖流在此交汇，成千上万的鱼类洄游至此，大陈渔场、猫头渔场、披山渔场，是我们的大渔仓。尤其是大陈渔场，属暖水性水域，饵料丰富，黄鱼和石斑鱼最喜在这一带活动。岛礁周围的海湾里，有无数的岩石砂砾，石斑鱼喜欢钻挖石罅。这一片水域，是石斑鱼的快乐家园。石斑鱼通常重两三公斤，大陈渔场曾捕到过重130公斤的巨大石斑鱼，这身板，都快赶上鲁智深了。

家乡的山间溪涧里，也有石斑鱼，叫溪石斑，也叫淡水石斑。虽名为石斑，实则跟海中石斑鱼没有直接的亲缘关系。它大名叫光唇鱼，体表灰黑，长得古灵精怪，周身纵列数道黑色条纹。它们生性胆小，见人即遁，一有声响，便闪电般地钻入溪涧的清石底下，夜晚则骈首沙际。

石斑鱼不知什么地方得罪了人，竟然被称之为"淫鱼"，古人把它污名化，说它生性放荡，分明是个荡妇。三国东吴沈莹所著的《临海水土异物志》是一本关于临海郡的地方志，也是东南沿海最早的一部海洋海域特产志。沈莹当过太守，政务之余，研究海洋生物，对东南沿海风物，记述颇为翔实，只是关于石斑鱼的记载，寥寥数笔，却有多处谬误。在沈莹笔下，石斑鱼是淫鱼，鱼长尺余，身上有斑如虎纹，只要蟪蛄之类的虫子在水边以声呼之，即上岸与之交合。在沈莹笔下，石斑鱼心如蛇蝎，风流成性，跟非同类者苟且，春暖花开之时，跟蜥蜴、蝎子在水上交配，不但如此，只要知了、斑蝥在水边发出声音，石斑鱼就从水里钻出来，上岸与它们行苟且之事。啧啧啧，简直太不成体统了。沈莹在书中一个劲地撇嘴。

古人说石斑鱼风流，或许跟石斑鱼的长相有关，石斑鱼色彩艳丽，褐色或红色的宽竖条纹相间，身上还有斑点，沈莹说它斑如虎纹。《台州府志》卷六十二有记，石斑鱼叫"赤要"，这名字可能也跟体色有关。

海中的石斑鱼像变色龙一样，体色可随环境变化而改变，它是雌雄同体，而并非古人所说的淫荡。石斑鱼的身份可自由切换，初次性成熟，是雌性，第二年，转换成雄性。不同性别的快乐，它都经历过了。

三

石斑鱼有一张大嘴，是谓大嘴吃四方，鱼虾蟹，甚至章鱼、藤壶之类，它都能吃，它常以突袭方式捕食，被它看中的目标，难逃劫数。

石斑鱼讲究生活品质，对居住条件要求颇高，喜欢清水，不喜欢浊水，最喜欢四季如春的地方。它随水温择居，初夏的时

候，隐居在岩礁洞穴里，从这种习性来看，它不是淫鱼，而是清高孤傲的隐士，它不喜欢跟其他鱼类结伴而行，总是深居简出。可见石斑鱼是作风正派的君子，而非荡妇和风流公子，古人不了解它，将它污名化，是时候为石斑鱼平反昭雪了。

江南桃花开时，诗人以"桃花流水鳜鱼肥"赞美淡水鳜鱼之肥美，焉知数百米的海底之下，生长着鳜鱼的近亲石斑鱼，更加肥美。石斑鱼藏身于数十米深的海底石洞中。对付它，渔网很难捕捞，只能垂钓。端午过后，天气变热，石斑鱼从洞里出来透风散步，这是垂钓的好时候。大陈岛有石斑钓，三四个人驾着渔船出海，用50多米长的钓线在海上垂钓石斑鱼。

石斑鱼跟黄鱼、带鱼一样，离水即死，它习惯了海底岁月。离水之后，鱼鳔内外气压失去平衡，五脏六腑会被挤出鱼嘴，悲惨死去。为了让它活命，石斑鱼一钓上，渔夫拿出早准备好的细针，从肛门处一针刺入鱼鳔，放出气体，养在活水舱中运回。不消多时，大陈岛上著名的野生石斑鱼，就出现在港澳和日本的餐桌上。

石斑鱼味鲜似鸡，嵊泗一带称石斑鱼为鸡鱼，也有地方索性称为海鸡。在家乡，对付石斑鱼，通常是清炖和清蒸，也有红烧，还有做石锅鱼片的，切成近乎透明的薄片，放火锅中一烫，鱼片微卷如花，马上捞起，鲜嫩得如青葱少女。厦门作家朱家麟告诉我，福建有一种做法，将鲜活石斑鱼放在冰水里，直接清

海鮒魚身有黄點流水所
産者具斑黑其狀略與此
魚云然蛇交而孕故其刺
甚毒海鮒疑亦然也字書
鮒似鮏魚名不詳是何種
類
海鮒魚質
海魚類鮒身斑背刺
説文篇海未詳其字

煮，在越来越高的水温下，石斑鱼不停挣扎，脱去一身鳞片，煮熟后，鱼肉鲜嫩无可比拟。石斑鱼烧煮时泄出的鱼尿，福建人认为有清凉解毒之效。

东海有十余种石斑鱼，有老鼠斑、老虎斑、海红斑等，美食界有话："花中樱，鱼中鲷，若遇东星，二者皆抛"，可见东星斑味道之佳。石斑鱼中，还有一种红丁斑，艳若桃李，红如玫瑰，美艳不可方物，又名红玫瑰鱼，味道鲜嫩甘甜，外皮富含胶质，因常年海底生活，口感丰盈绵密。

石斑鱼是香港人的舌尖爱物。"欲尝海中鲜，莫惜腰头钱"，为了它的鲜嫩美味，香港人愿意一掷千金。港人口中有四大鱼王——海红斑、老鼠斑、苏眉鱼、青衣鱼，石斑鱼荣列其中，香港当年发行一种面值500元的纸币，在当时可买一尾老鼠斑，故港人戏称这种纸币为"老鼠斑"。

丁酉年的五一小长假，我与章芷菡夫妇一道，陪同香港的时事评论员、专栏作家杨锦麟去大陈岛采风。在初夏的海风中，一桌人面对着大海，大啖石斑鱼和黄鱼，谈笑风生，妙语频出，一大桌海鲜，吃到扶墙走，大陈石斑鱼之鲜，众人为之倾倒。

马鲛穿着灰龙袍

一

东海中，大小黄鱼是黄金时代，带鱼鲳鱼是白银时代，马鲛鱼是青铜时代。

马鲛鱼是风神俊朗的美男子，纺锤形的身子，体形修长，背部是幽深的蓝青，腹部是高贵的银灰，身上七八列蓝黑的圆斑，如日本艺术家草间弥生的圆点画

马鲛

作。家乡有渔谣："马鲛穿着灰龙袍"，说马鲛身上的色彩和斑纹，如同帝王穿了件龙袍，有不怒而威的气势。

马鲛鱼身形如箭矢，又名"寿箭鱼"，它还有鲅鱼、燕鱼、板鲅、青箭之称。最是喜欢青箭的名字，马鲛鱼短者近尺，长者数米，在蔚蓝的大海中劈波斩浪，飞速游动，如一支支青箭"嗖"地射向远方。在我的家乡，马鲛鱼称为"马高鱼"，听上去也是个昂然向上的好名。

东海是马鲛鱼的练兵场，马鲛鱼身形如箭，喜欢成群结队地出行，常以数万尾集群，仿佛穿着铠甲的将士列队出征。海面上，青灰色的大群马鲛鱼，奔腾着，跳跃着，激起一朵朵雪白的水花。

蓝点马鲛鱼的原乡是西北太平洋，每年入秋，马鲛鱼远渡重洋，不远万里，来到东海。马鲛鱼长途跋涉，与风浪搏击，肉质紧致。等秋风凛冽，它继续南下，寻找温暖海域。鱼汛到来，渔民乘风破浪，一路追击，撒下大网，空船而去，满船而归，运气好的话，一网能捞上数万斤之多。

马鲛鱼喜欢集团军作战，总是成群出海。早年，马鲛鱼旺发，东南沿海的渔民甚至可以在小船上以飞镖射鱼，一人就能射得数百斤。

臺苑云馬鮫形似鰛其膚似鰹而黑斑最
腥魚品之下一曰社交魚以其交社而生
末肉上又越三翅翅身後小翅上八下六尾
接此魚尾如鰝翅身後小翅上八下六尾
鮫後時產者曰白腹腹下多白也琉球國
善割此魚先長剖而破其脊骨稍加鹽而
晒乾以炙之其味至佳者柚每販至省城
以售臺灣有泥托魚形如馬鮫節骨三十
六節圓正可為象棋

馬鮫贊
魚交社生
夏入綱罟
鮮食未佳
差可為脯

蔡曰筆日海中之魚種類既多而一種之
中人分數種即上著於海卿亦不能盡辨
即如馬鮫其名有四五種其味亦優考馬
鮫頸水身青而有斑後有一種曰油
筒身帶青蕙之音油味遜馬鮫
一等即白腹也又有一種鯢斑點大色
與馬鮫同味大次於柚筒馬鮫又一種曰青
鰊鯢蕙同也身青而蕙味炙不及馬鮫

二

清明是美食的分界线，三月草长莺飞、杂花生树，河豚、刀鱼、马鲛鱼，鲜嫩至极，连一向不起眼的螺蛳，也借了三月的东风，成为舌尖爱物。清明一过，这些鲜货与吃货的蜜月期就结束了。

马鲛古时叫鳍鱼，分明就是春天的风物。马鲛鱼逢春社而生，又叫社交鱼。春社是农历二月祭祀土地神的日子，古人早就说过："春事刚临社日，杨花飞送鲛鱼。"又道："鲛鱼过三月，其味大劣，在社前后，则清品也。"意思是，杏花春雨的江南三月，马鲛鱼丰腴而细嫩，味美而刺少，人称"鱼中极品"，要吃得赶紧吃。过了清明，马鲛鱼的味道，就会大打折扣。

东海是天然鱼仓，饵料丰富，是马鲛鱼的乐园。马鲛鱼从小吃着高蛋白的鱼虾，自然长得鲜嫩肥美。

家乡的马鲛鱼有好几种，味道最好的是蓝点马鲛鱼。平日里，马鲛鱼一身黑肤，如黑脸汉，而清明前后的马鲛鱼，因为荷尔蒙爆棚，身上发出蓝莹莹的光泽，如暗夜里的光芒，尾巴微翘，身子骨健朗。

清明前后，马鲛洄游至近海等待产卵，这个时候，最为肥美。因为价格高，市场上都是切成一段段卖。当然，也有不差钱的土豪，整条拎回家。浙东的台州、宁波，管清明前的马鲛叫串乌、川乌，雅号鳍鲳。二三十年前，台州、象山一带海域，川乌很多，随便撒一网，就能捞上几百斤，大者有十几斤重，日光照耀下，闪着蓝绿光芒，映得海水失色。现在，只在象山港一带，才能见到鳍鲳。所以，对待鳍鲳，且吃且珍惜吧。

鳍鲳鱼肉粉红，鲜美不可言。鳍鲳血统、身份高贵，不在这个时间和地点的，都不配叫这个名字。就好像豆蔻少女，是十三四岁的芳龄，半老徐娘哪怕扮嫩再成功，也不配用"豆蔻少女"四个字。浙东吹捧鳍鲳为"鱼中极品"，这样毫无原则地给马鲛鱼戴高帽，简直毫不考虑大黄鱼的内心感受。

鱼肉粉红的鳍鲳

031

马鲛鱼很早就成了贡品，《西京杂记》记载：尉他献高祖鲛鱼，高祖乐之。马鲛鱼献于汉高祖，高祖容颜大悦，不知悦的是臣民的忠心，还是马鲛的美味。

马鲛鱼交配后，肤色又变回黑灰，好像被男欢女爱掏空了身子。这时的它，不再是集万千宠爱于一身的鲭鲣，身价大跌。随着时间流逝，马鲛鱼人老珠黄，被叫成"上船烂"。从鲭鲣到上船烂，马鲛鱼的身价是云泥之别。东海鲜货，有得吃时须赶紧吃，如同花开堪折直须折。

三

马鲛鱼身上有灰黑、蓝黑斑纹，斑纹颜色愈深，愈新鲜。新鲜的马鲛鱼，眼珠明亮如桂圆子，鱼鳃鲜红如玫瑰花，鱼身硬挺能站立。马鲛鱼是最经不起时间考验的海鱼，放置时间稍长，就变成白浊，里面一团烂肉。闽南有一句话，"纸肚状元骨"，夸马鲛鱼骨脂鲜香，却不易保存，鱼肉易烂，烂后腥臭无比。

马鲛鱼刺少肉多，家乡宴席的冷盘中，常见香酥马鲛鱼。圆鼓鼓的马鲛鱼，切成厚厚的一块，放在酱油、老酒、米醋、姜丝中，酱上一二小时，晾干后，放锅里炸，鱼皮酱色，鱼肉焦香有嚼头，炸过的鱼骨头，也酥香无比。东海岸有歇后语，"马鲛鱼——嘴硬骨头酥"，说的就是香酥马鲛鱼，背后的意思跟"刀子嘴豆腐心”差不多，有时也包含嘴硬心发虚的意思。

家乡渔村，常拿马鲛鱼做鱼丸和鱼面。当地渔谚道，“马鲛鱼，像纺锤，鱼丸落镬爆油珠”，鱼丸下镬，油珠迸出，鲜掉眉毛。在清汤中煮熟，再放几粒芹菜、葱花，清鲜如碧涧羹。家乡还有马鲛鱼羹，加笋丝、姜丝，再以淀粉勾芡，喝时，略加点香醋，让人胃口大开。

除了鱼丸、鱼面，家乡还有鱼皮馄饨，以海鳗或马鲛鱼的肉剁成细糜，和上淀粉做成，清鲜得很。

山东人把马鲛鱼称为鲅鱼。“鲅鱼跳，丈人笑”，青岛的女婿春天要给岳父大人送鲅鱼。山东有鲅鱼饺子，很出名。我飞到青岛看樱花，看完樱花，特地去吃大名鼎鼎的鲅鱼饺子。吃后，有点失望，觉得味道不如家乡的鱼皮馄饨清鲜。

对待马鲛，宁波人喜欢以雪菜煮或抱盐清蒸。宁波人不管烧什么鱼，都喜欢加雪菜。烧黄鱼，放雪菜；烧墨鱼，放雪菜；烧马鲛鱼，还是放雪菜。

“鲳鱼嘴，马鲛尾”。马鲛鱼身上最好吃的是尾巴。马鲛鱼可清蒸、油炸，可煎汤，也可腌制。也有煲粥的，把马鲛鱼切成鱼丁，粥烧好熄火，用余热将马鲛鱼丁烫熟，鱼肉特别鲜嫩。马鲛鱼不可烧过头，我第一次做马鲛鱼汤时，烧的时间长了些，结果马鲛鱼如同一团败絮，全无吃头。

有位朋友，痴迷海钓，在东海垂钓还嫌不过瘾，甚至坐飞机

飞到印度洋、大西洋垂钓。有一回钓到两米多长的马鲛鱼，咧着大嘴抱着马鲛鱼拍了张照片，背景里，天空和大海一样蔚蓝，抱着马鲛鱼的他，如抱了个大胖小子。

前些日子，他从印度洋垂钓回来，如将军得胜归朝，安排了丰盛的家宴，请了一帮朋友品尝至鲜之物，席上有金枪鱼、海胆、三文鱼。那马鲛鱼，被切成雪白的一片片，半透明，挤点柠檬汁，再蘸酱油、芥末，鲜美异常，吃后，三月不知肉味。

鲥鱼多刺，矮人多智

一

鲥鱼是个刺头儿。

立夏时节，芭蕉绿，樱桃红，梅子青，鲥鱼一身银装，闪亮登场，家乡有"三鲳四鲥"的说法，意思是，农历三月的鲳鱼最为肥美，到了四月，该来尝尝鲥鱼的美味。不同季节的鲥鱼，各有各味。古人把九十月菊黄桂香时的鲥鱼称为"秋不归"，将寒冬腊月的鲥鱼称为"雪映鱼"。秋不归，雪映鱼，听上去如词牌名。

鲥鱼从立夏开始，溯游而上，到大海与大江的交汇处产卵，在东海，过去有立夏水、小满水、端午水三个鱼汛，故有"三水鲥鱼"一说。鲥鱼是浪里白条，东海有渔谚，"小小鲥鱼无肚肠，一夜能游七爿洋"，可见其游泳能力之强。在江海中身手矫健的鱼儿，身材大多是流线型的，没有一个是"土肥圆"，鳓鱼身材紧致，毫无中年男大肚腩之松垮。

芒种前后是东海鳓鱼的旺发时期，家乡渔谚道，"五月十三鳓鱼会，日里勿会夜里会，今朝勿会明朝会"，在东海，有经验的渔人常能听声辨鱼。大黄鱼到了爱情季，发出咕咕的求偶声，爱情炽热而急切，而鳓鱼的声音，如初拉二胡时的吱扭声。老渔民说，20世纪五六十年代，东海上，鳓鱼常与大黄鱼结伴而行，里层是金灿灿的大黄鱼，外层是银闪闪的大鳓鱼，一网打上来，金满舱，银满舱。鳓鱼汛来时，大海上银光闪闪，如白浪奔涌，蔚为壮观。东海渔民称鳓鱼为"银将军"。

银将军是银样镴枪头，缺点勇谋。浙东有一句谚语，"鳓鱼进网眼——好钻勿钻"。鳓鱼被网住后，身子侧扁，如菜刀，本可以勇敢地钻出网眼逃出生天，偏方寸大乱，惊慌后退，结果身上的鳞鳍被网眼卡住，脱身不得，挣扎之中，丢了卿卿性命。

在浙东，鳓鱼常被唤作红眼鳓鱼或白鱼，鳓鱼长了一张地包天的嘴，体态宽扁而修长，背脊勾了条绿边，腹部银白，腹下有一排硬刺如锯齿，因它腹下之骨如锯能勒人，故名。

鳓鱼与鲥鱼同属鲱科，是大家族的堂兄弟。鳓鱼眼大而圆，俗称大眼鳓。新鲜的鳓鱼眼睛凸起而明亮，在我们这里，那些嫉妒人钱财的人称之为"鳓鱼眼"，或者索性就叫"红眼鳓鱼"。实际上，红眼的并不是鲥鱼，而是鲅鱼，即被称为红眼鲻的那位仁兄。

鲥鱼的诨名还有不少，鲙鱼、曹白鱼、白鳞鱼、春鱼、网扁等。在北方，它被唤作巨罗鱼，因其盛产季节正值藤萝开花，故又名藤香。这两个名字，一个是豪放派，一个是婉约派。想想北方五六月，南风送暖，紫藤花开，北人拿紫藤花煎饼，喝着酒，吃着藤香鱼，真是美得冒泡。"春网家家荐巨罗，鲥鱼风味可同科。樽前也有渊材叹，纵说藤香恨刺多。"虽然北方人也恨鲥鱼多刺，但对鲥鱼依然情深意切，春末夏初的餐桌上，一盘清蒸鲥鱼或干烧鲥鱼，脂厚肥美、肉质细嫩，让北人食味盎然。

二

如果说鲥鱼是王公贵族，那鲥鱼就是白衣卿相。鲥鱼修长如刀，一身银白色软鳞甲。它跟鲥鱼一样，鳞下脂肪丰富，吃时不用去鳞，家乡有"四月鲥鱼勿刨鳞"之说，又有"鲥鱼满身骨头刺，鱼鳞带油滑滋滋"的渔谣。浙东人吃鱼有一套，鲥鱼吃鳞，米鱼吃脑髓，带鱼吃肚皮，黄鱼吃嘴唇和下巴，他们知道鲥鱼鱼鳞的妙处。

鲥鱼鳞带鱼脂，熬成鱼汤，冷却后呈冻胶状，跟黄鱼冻、带鱼冻一样鲜美。家乡有歇后语，"带鱼刮白，鲥鱼刨鳞——全外行"，带鱼体表的银鳞，鲥鱼身上的鳞片，皆富含脂肪，连着鳞片蒸熟，口味更佳，"刮白"和"刨鳞"，被视为外行之举。

鲥鱼不如鲋鱼尊贵，但它也有胜于鲋鱼的地方。产卵后的鲋鱼味道大减，而鲥鱼生了宝宝后，更加白嫩丰腴，如产妇坐了月子一般，故有"来鲋去鲞"的说法，"鲞"就是鲞鱼，是鲥鱼的另一个小名，说产卵前的鲋鱼最好吃，产卵后，则是鲥鱼味佳。

三

张爱玲提到的人生三恨中，有一恨就是恨鲋鱼刺多，其实，鲥鱼也多刺，家乡有谚语，"鲥鱼多刺，矮人多智"。意思是鲥鱼细刺很多，矮人头脑好使。

鲥鱼除腹部有几根大刺外，鱼肉遍布小刺，很难剔净，让人不爽。在家乡，谁把事情办复杂了，就说：办得像"鲥鱼刺"一样。或者拆了东西不收拾，散乱成一团，也称之为"鲥鱼刺"。

鲥鱼刺多，还吃死过人。清代文献记载，福建莆田有户姓林的人家，祖先爱吃鲥鱼，却被鲥鱼刺卡喉而死，林氏后人每次祭祀先人，就会拎几条鲥鱼到祖宗牌位前，用木棍将之捣成酱，为祖宗报不共戴天之仇。

刺是鱼儿的防身利器，刺越多，鱼越鲜美。鲋鱼、刀鱼、鲫鱼皆多刺，也皆鲜美。鲥鱼很早就是贡品，清时有《竹枝词》：

"谷雨开洋遥网市，鲥鱼打得满船装。进鲜百尾须头信，未献君王那敢尝。"说谷雨时捕来的鲥鱼，是进献给皇帝吃的，皇帝不吃，小的哪敢吃啊。

鲥鱼常被称为白鱼，一是因为它肤白貌美，二是因为鲥鱼腹部有块"白"，是鲥鱼的精华之处，此"白"为雄鲥鱼的生殖腺。鲥鱼肚子上的这块"白"，最是肥美可口，肥嫩如著名的法国鹅肝。著名吃货李渔对此大加赞叹，称其"甘美绝伦"，一吃难忘。

家乡有谚谣："鲥鱼像把刀，清蒸味道好。"对待鲥鱼，最好的办法是清蒸，蒸之前用薄盐抱腌一下，收紧鱼身，逼出鲜味。

浙东还有糟鲥鱼，称白鲥鱼，用酒糟拌盐腌制，置于陶瓷瓮中，一层鱼加一层酒糟，层层叠加，加至满后封口。三周左右，即可取出，清蒸食用，肉质软烂，口感鲜咸，散发着一股淡淡的酒糟香味。如果蒸鲥鱼时铺一层薄如纸的腊肉或火腿，更是增添了鱼肉的咸香层次。家乡有鲥鱼蒸蛋、鲥鱼肉饼，苏州有虾子鲥鲞，风味俱佳，用来佐粥下酒，最好不过。广东人则喜欢吃鱼生，将刚打捞上来的鲥鱼，片成薄如蝉翼的一片片，再蘸调料，清鲜甘美。

海蜇蘸三抱鲥鱼，是渔民出海前的敬天（海神）之物。"三抱鲥鱼"的谐音是"三抱来鱼"，意谓出海会满载而归。鲥鱼盐腌，在浙东沿海常见，舟山的三抱鲥鱼最为出名，选用产于"黄大洋"（岱山附近）四月半水的鳓鱼三腌而成。腌制后的卤水，装入坛罐沉淀，烧煮过滤，就是著名的鳓鱼露，是极高档的调料。

海鱼盐渍晒干后，称之为鲞，比如黄鱼鲞、乌狼鲞、墨鱼鲞。鳓鱼晒干后，称之为鳓鲞，因其太过鲜美，人们直接称之为"鲞鱼"，而在前面不加鱼名，可见鳓鱼鲞的鲜美，世所公认，风头简直盖过久负盛名的黄鱼鲞。《金瓶梅》中，就有"一碟子柳蒸的鳓鲞鱼"，《红楼梦》中，亦有"鳓鲞蒸肉"。

做鲞的鳓鱼，以雌鱼为佳，《随息居饮食谱》就说："雌者宜鲞，隔岁尤佳。"鳓鱼鲞有南北之分，东海所产的为南洋鲞，黄海所出之鲞为北洋鲞，肉细而坚实，味道较东海所出的更胜一筹。北方的食物通常不如南方鲜美，也不如南方精细，但在鳓鱼上，北方扳回一局，故有"南鲥北鳓"之说，鲓鱼就是鳓鱼。

吴地南通过端午，鳓鱼跟粽子、酒酿一样，必不可少，当地有买鳓鱼孝敬父母的习俗，鳓鱼谐音"纳余"。该地端午吃鳓鱼，不像越地吃黄鱼。据说跟吴王阖闾有关，吴越之地皆是吴王的地盘，当年夷兵进犯吴境，吴王阖闾点兵出征，两军在海上相峙，吴王断了粮草，遂焚香祈海，但见鳓鱼如银浪，滚滚而来，将士吃饱鱼饭，大获全胜。因鳓鱼是救命之鱼，时人重之。

小时候，吃完鳓鱼，外婆会用它的三两根骨头，做成一只鱼骨鸟。有些手巧的女子，还能把鱼骨做成瘦腿细趾、振翅欲翔的

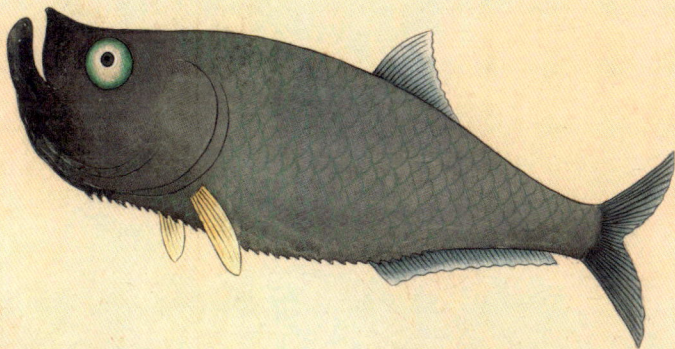

勒魚考彙苑云腹下之骨如鋸可
勒故名出與石首同時海人以水
養之謂之水鮮字彙不解但曰勒
養聞身志俱載按此魚腹下有利
骨如刃頭上有骨為鶴身若翅若
頸若足且有雜骨養之儼然一鶴
兒童多取此為戲其實昂其領厚
白甲如銀而背微青肉內多細骨
凡賦魚廉刺則雖食鶴鶬養饗醉
以麋爛為妙然開地慢甚腥不耐
久藏溫台次之杭紹人次之姑蘇
有蝦子勒養更美至江北則香而
不腥味尤勝越歷南北而食北定
能辨之
　勒魚贊
腹下有刀頭項有鶴
有鶴難誇有刀難割

仙鹤。鳓鱼头骨制成的鹤鸟，被称为"鲞鹤"。

故乡台州，鲎壳与蟹壳，绘成脸谱；胖头鱼的头骨，用来占卜；咸鳓鱼的骨头，则拿来预测天气阴晴。做好的鱼骨仙鹤挂在室内，据说要下雨时，鸟嘴就会下垂。

鳓鱼骨除做成鱼骨鸟外，还另有妙用，《本草纲目》道："鳓鱼……干者谓之鳓鲞，吴人嗜之。甜瓜生者，用鳓鲞骨插蒂上，一夜便熟。石首鲞骨亦然。肉气味甘平无毒。"说把鳓鱼鲞和黄鱼鲞的骨头，插在生甜瓜的瓜蒂上，过一晚，瓜就甜熟了。我没试过，不敢妄言。

鮸鱼吃脑髓

一

说到吃，东海岸的人有一肚子的吃海经，什么季节吃什么，什么海鲜吃什么部位，搞得煞灵清（拎得清），乡谚道：黄鱼吃嘴巴，鲥鱼吃尾巴，鲳鱼吃下巴，带鱼吃肚皮，米鱼吃脑髓。显而易见，米鱼最味美的地方就是脑髓。

米鱼就是鮸鱼，也有写成鳖鱼的，不过家乡人民觉得"鮸"和"鳖"，有点酸文假醋，笔画多，难写，所以通常写成"米鱼"。家乡产鮸鱼，明代的时候，它就与黄鱼、虾米、鲈鱼、白蟹等成为岁供。我与朋友开玩笑，我们三天两头吃贡品，不是黄鱼就是鮸鱼，不是白蟹就是鲈鱼，而且都是一等一的鲜，口福比皇帝佬儿好多了。

鮸鱼是黄鱼的亲戚，头稍尖，体色发暗，论长相，其貌不扬，是个黑脸汉子。它与黄鱼同属石首鱼科，不过它是鲈形目，形似鲈鱼。夏秋之际，东海鮸鱼旺发，这个时节，味道最好，我们平常吃的鮸鱼，多是黑鳞或白鳞。

海咸河淡，鳞浅鱼翔，各鱼各性，石斑鱼喜欢生活在清水里，鮸鱼喜欢生活在浊水中。黄浊的海水，富含营养质，滋养得它们一身肥膘。鮸鱼发育快，这厮胃口好，吃得多，容易长个，随随便便就会长到二三斤，二三十斤的鮸鱼也不少见，跟小孩的

半人高的鮸鱼

体重有得一拼。鮸鱼跟鲈鱼、海鳗一样，食相凶猛，黄鲫、青鳞鱼、小黄鱼、对虾、毛虾、鼓虾，都是它的美食。它白天沉到水下，夜间浮到水面，跟黄鱼一样，能以鱼鳔发声，在海里发出"昂昂"的叫声，似夏夜稻田里的蛙鸣，不过不像蛙鸣男中音，它是深沉的男低音。

过去，家乡渔人出海打鱼，会耳贴船底，听到船底传来浑厚的"昂昂"声，赶紧撒网捕捞。每逢大潮汛，总能满载而归。我那时在媒体供职，编发过不少大鮸鱼的稿子，印象很深的一次，是温岭渔民出海，正赶上鮸鱼集群，鮸鱼太多太重，光起网，就花了五个小时，把渔网都撑破了。这一网，捕到700多担鮸鱼，小的五六斤，大的十多斤，一网下去，捞上来的就是100多万元呐。发大财了。渔民乐滋滋地说，要不是渔网撑破，打上来的鮸鱼还要多！

打上来的鮸鱼铺满甲板，连落脚的地方都没有，渔民站在鮸鱼堆里，好像站在丰收的稻田里。渔家有谚语："亏账平头毛，不抵海水一夜潮。"意思是不管亏多少钱，碰上好鱼汛，一次捕捞，就能还清债务。渔民笑得见牙不见眼，说，海水送来鮸鱼（钱财），哪里挡得住？

二

农历六月到八月，东海迎来了鳗鱼汛。鳗鱼旺发时，是吃货的开心季。鳗鱼味美，价低，价格低到什么程度呢？说出来，你可能不信，价格跟番茄差不多。我有一次去永安亭菜场买鳗鱼，挑了两段鳗鱼，刚好一斤，五元钱，跟一斤番茄的价格一样。不止鳗鱼价格同番茄，东海梭子蟹旺发时，身价也跟番茄差不多。此时不吃，更待何时？

我们那里的人很爱吃鳗鱼，一条鳗鱼能做八九道菜。七号码头边上的水产品交易市场上，一个晚上有三万多公斤的鳗鱼交易量。知道台州人好这一口，舟山的鱼贩也会把鳗鱼运到这里来卖。鳗鱼旺季，水产品交易市场热闹极了，水产批发商开着小货车来，拉走一箱箱的鳗鱼。吃货们也组团，三两家结伴来批发，每家买上两三箱，一箱三四十斤，也就百来块钱。晒成鳗鱼鲞，可以吃好一阵子，两箱鳗鱼，刚好够晒一竹排。台州撤地设市后，椒江成为台州府所在地有二三十年了，不过老底子毕竟是个渔村，本地土著性格粗犷，喝酒论箱，通常自称为码头人。一到鳗鱼旺发的季节，在葭沚街道一带的小区，可以看到一排排的竹排，晒的都是鳗鱼，空气里一股子鱼腥味。

台州人爱吃鳗鱼，隔壁温州人也爱吃鳗鱼。鳗鱼、小黄鱼、带鱼，是温州人最爱吃的海鲜前三甲，鳗鱼居榜首。宁波人、舟山人，也爱吃鮸鱼。鮸鱼是浙东吃货的大众情人。

鮸鱼可以清蒸，可以红烧，可以抱腌，可以做成鮸鱼羹、鮸鱼骨酱、鮸鱼鲞，还可以做成鱼丸、鱼饼。在烈日和海风的洗礼下，它还能变成香韧的鱼干。我最爱的是蒸鮸鱼，鮸鱼肉身肥厚，白色的皮上印有淡黑的小圆圈，把鮸鱼身子切成大段，用盐略加腌制后，加姜葱、老酒，隔水快蒸，蒸熟后，黄白的鱼肉透着光亮，肉厚、味鲜、刺少、皮香，那种咸鲜，真是下饭！鮸鱼的肉质虽然不如黄鱼肉细腻，但紧致厚实，下饭最好。夏秋之时，单位食堂天天卖蒸鮸鱼，我每天中午吃一段，连吃三月，竟未吃厌。

在家乡，鮸鱼肉还用来做鱼丸、敲鱼面，都是舌尖美味。温岭石塘的海边渔村，喜欢烧羹。将鲜鮸鱼肉、春笋、荸荠切成丁，入锅烧熟后，调好味，用淀粉勾兑，这样，鱼肉的鲜美被红薯粉完全锁住，煮开后，碧绿的芹菜段是点睛之笔，稍微一烫，便可出锅。烧成的鮸鱼羹，鲜美无比，口感略显Q弹，盖过杭州久负盛名的宋嫂鱼羹。喝一口鮸鱼羹，扯一些风月事，很是快活。

三

鮸鱼最好吃的部位是鮸鱼脑，鮸鱼捕捞季，恰逢稻谷收割的时节。浙东宁波有谚语，"宁可忘割廿亩稻，勿可忘吃鮸鱼脑"，可见鮸鱼脑的诱惑力。重七八斤甚至一二十斤的鮸鱼，鱼大头也大，将整个鮸鱼头斩件红烧，或者从中间切开，酱色浓郁，鲜味入骨，好吃到连舌头都咽下去。宁波人会做人家，常以极咸的龙头鳀、鱼生、泥螺过饭。节俭的宁波人，廿亩稻田都可以放一边不割，也要先吃一吃鮸鱼脑，可见鮸鱼脑是真馋人。

鮸鱼头骨酱，也是拿头做文章。将洗净的鮸鱼头连骨带肉斩成一厘米见方的小块，放在油锅里煸一煸，加上各种调味，用淀粉勾芡上盆，做成美味的鮸鱼头骨酱。宁波名菜中，还有一道鮸鱼鲞烤肉。用盐腌过的咸鮸鱼炖奉化芋艿头，软糯鲜香有嚼头。

鱼之精华，在于肚，即鱼胶。在东海边，常吃的鱼胶，除了黄鱼胶，还有鮸鱼胶。鮸鱼胶呈酒瓶形，鱼越大，鱼胶越厚。大鮸鱼重达20余斤甚至百来斤，身上的鲜胶，肥厚如婴儿白胖的臂膀，夏秋之季鮸鱼最肥大，鮸鱼胶质量最好，油少胶厚。冬春的鮸鱼油厚胶薄，质量略逊。

鮸鱼鳔俗称"鮸鱼胶"或"鳖肚"，是鱼鳔脱水干制而成，鱼鳔就是我们常说的鱼泡，因其富含胶质，故称为鱼胶、花胶。鱼胶素与燕窝、鱼翅齐名，是"八珍"之一，鮸鱼胶补胃极好。有一年评三毛散文奖，我是评委，到舟山评奖，舟山日报社副总来其是东道主，他跟我提起过鮸鱼胶的大补，说自己年轻时胃不好，经常作痛，就是吃鮸鱼胶养好的。

新鲜的鮸鱼胶清蒸、炖蛋，或与咸肉片一起蒸，味极鲜，也可将鱼胶晒干。在家乡，孩子到了如春笋般拔节的年龄，海边人家会以黄酒炖鮸鱼胶给孩子吃，孩子吃后，个头蹿得更快。家乡还拿鮸鱼胶通乳，产妇乳腺堵住，肿成硬石头，老辈人用鮸鱼胶加黄酒、红糖熬汤喝，软糯香甜，很有效。久病之人也拿鱼胶来补虚，将鱼胶剪成条形，加上芝麻、核桃肉、冰糖等，与当归、红枣适量煎汤，温火慢熬炖熟，是很好的滋补品。

说到鮸鱼，不免要说到毛鲿鱼，鮸鱼与毛鲿鱼是近亲，同属一科，但体形差异很大，它俩的关系，就像同是猫科动物的猫与虎。大的毛鲿鱼，有七八十斤重。毛鲿鱼的鱼胶最是值钱，有"黄金鱼鮸"之说。一斤卖到三四十万元。剖开毛鲿鱼的鱼腹，小心取出鱼胶，不浸水，直接用小钉子钉在木板上，在阴凉处自然干燥，放进米缸，可以保存很久。至于它的滋补作用，渔民说，好到没话说！

六月鳎, 抵陈鸭

一

小时候念过一首绕口令:"打东边来了一个喇嘛,手里提着五斤箬鳎。打西边来了一个哑巴,腰里别着个喇叭。东边提着箬鳎的喇嘛要拿箬鳎换西边哑巴腰里别着的喇叭……"绕口令中的"箬鳎",即舌鳎。

箬鳎,是比目鱼的一种,这种丑萌的粉色海鱼,小名很多,在我们那儿,也叫玉秃、肉鳎、舌头鱼、邋遢鱼。它的两只小眼睛,紧紧地挤在一边,总显得有几分局促不安。《临海水土异物志》称它是箬叶鱼,因它长得像端午包粽子的箬叶。古人还称它为板鱼、泥鞋鱼、鞋底鱼、婢屣鱼,说它状如古人的鞋履,而且是奴婢穿的鞋子,言语间颇为不屑。《临海水土异物志》索性叫它为奴屩鱼。可见，在鱼族中，箬鳎鱼的地位并不高。《临海水土异物志》说它"状似牛脾，细鳞，紫黑色，一眼两片，相合乃行"，可谓观察入微。

比目鱼的家族十分庞大，有五百多种，有鲆科、鲽科、鳎科、鰜科、舌鳎等，从矮矬穷到高富帅，各种身材、各种色彩都有。东海岸的比目鱼，也有几十种，身上有一道道竖纹，如条形码的，叫条鳎；长得像黄金叶片的，叫钝吻黄盖鲽；还有的尖嘴利牙如丑八怪，叫大牙拟庸鲽，还有多宝鱼、鸦片鱼、龙脷鱼……这些，都是比目鱼大家族中的成员。

二

周作人说："生长在江浙的人说起鱼来，大概总觉得是一种爱好。"周作人吃的多是淡水鱼，对海鱼了解不多，他不知道，在幽暗的海底下，海鱼的家族会庞大到成百上千种。寻常人家哪里分得清比目鱼的堂兄表弟呢。大凡长得扁平、体形如舌、眼睛长在一侧的，统统称之为比目鱼、鳎鱼。

鳎鱼常年生活在水下五六十米深的海底泥沙中，它穿着素雅，如婢女，上侧褐色，底侧白色，在水底下，它有事没事摆动状如裙边的鱼鳍，把泥沙搅混，堆积在自己身边，让敌人难以发现。别小看这些比目鱼，心眼挺多的，它们生性狡猾，善于伪

装，有变色龙一样的本领，可随时切换身体的颜色，让体色变得跟周围的沙石相似。

春分时节，杏花春雨，春江水暖，箬鳎鱼从海底浮到水面，看看世界的纷繁美好。三四月间，油菜花开，菜花箬鳎鱼上桌，细嫩的鱼肉裹着鲜香的酱汁，风中隐约是春天的味道。故乡有渔谚："红丽红白海草鸡，桃花粉色西鳗皮"，海草鸡即海鲫鱼（鲷），西鳗皮即比目鱼。这两种鱼的皮色透红，家乡用来称赞美女肤色红润，面若桃花。

从春分到立夏这一段时间，箬鳎鱼忙着生儿育女，它游向岸边和内湾泥沙底下产卵。到了农历六月，箬鳎鱼膘肥体壮。故乡有渔谚："六月鳎，抵陈鸭。"每一种食物，都有一生中的高光时刻，比如春分的刀鱼，清明前的河豚，芒种的虾皮，小暑大暑的箬鳎鱼。农历六月，上蒸下煮，是一年中最热的时候。高天流云之下，木槿开出一朵一朵的花，大片的夹竹桃像海浪一样在风中翻滚，这个时候的箬鳎鱼，味道格外清鲜肥嫩，营养抵得过陈年老鸭。等到西风烈时，箬鳎鱼游到深水区越冬，以抵御晚来风急。

三

在民间传说中，比目鱼很是卑微，不过，在上流社会，比目鱼的地位并不低。可见，庙堂与江湖，对比目鱼有两种不同的评价体系。在古代高人眼里，比目鱼神秘莫测，它是帝王封禅大典上必备的献礼。春秋战国时，齐国政治家管仲所列的"祥瑞清单"上，有鄗上之黍、北里之禾、三脊之茅、东海比目鱼、西海比翼鸟、凤凰、麒麟等。当年齐桓公意欲封禅，管仲劝道："我听说古代的封禅大典，四方上的黍、禾，南方的茅草，东海的比目鱼，西海的比翼鸟、凤凰、麒麟，这些祥瑞动植物都会出现，现在这些都没有出现，来的反而是蓬草、蒿草、猫头鹰，这时候封禅，不合适吧?"

当年伍子胥大败楚国，吴王阖闾大喜过望，亲自下厨烹饪比目鱼，为伍子胥摆庆功宴。比目鱼有一个尊贵的名字，叫王余鱼，与越王有关，传说越王乘船行进在海中，忽闻追兵临近，慌乱之下，把斫剩的比目鱼脍倒入海里，没想到，这脍竟在水中化为鱼，仍然是脍的形状，故称王余鱼。古书《事物纪原》记载了此事。闽南方言中，比目鱼叫"皇帝鱼"，想来跟越王也有干系。

在家乡的传说中，比目鱼充当的是媒婆的角色。东海龙王为女儿招东床驸马，梅童鱼想攀高枝，当龙王的乘龙快婿，托哥们比目鱼去提亲，东海龙王嫌梅童鱼不自量力，也恨比目鱼胡乱提亲，一记老拳下去，比目鱼两只眼睛被打到一边儿去了。

比目鱼的眼睛，当然不是被龙王打到一边的。比目鱼小时候，眼睛也是长在两侧的，长着长着，两只眼睛就长到一边去了。

古人视比目鱼为情种，为爱情忠贞的象征。在天愿作比翼鸟，在海愿作比目鱼，在地愿为连理枝，是情人之间的美好誓

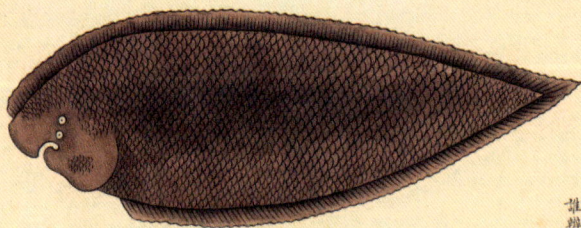

魚名亦多
俗稱比目
誰辨其訛

言。《古小说钩沉》里有个故事，东城池决口，王余鱼不逃跑，坐以待毙，有人给它照了一下镜子，它看到镜子里的鱼，觉得并不孤单，这才双双离去。文人们常借比目鱼抒发对爱情的向往，比如："邻家船上小姑儿。相问如何是别离。双堕髻，一弯眉。爱看红鳞比目鱼。"唐代诗人卢照邻，有一首爱情诗："得成比目何辞死，愿作鸳鸯不羡仙"，简直就是石破天惊的爱情宣言。他们把比目鱼想得太美好了，其实，大海之中，比目鱼并非都是成双成对出现，也常常孑然独行。

家乡有渔谚："鲜鳎鱼，扁叽叽，动刀还要先剥皮。"渔谚表达了两层意思，一是说它的长相扁平，二是说它的吃法，剥了皮味道更好。其实清蒸比目鱼，无须剥皮。如果红烧，剥皮为宜，因为鱼皮胶质多，易粘锅。

比目鱼其貌不扬，味道中规中矩，很容易泯然众鱼，但它全身只有一根鱼脊骨，没有细刺，不用担心鱼刺卡喉，肉质极细嫩，给老人孩子吃最好。香煎箬鳎鱼、油炸鱼柳条，皆鲜嫩。鱼鳍附近的肉，尤其好吃。有些地方，亲人远行，家人要清蒸比目鱼送行，以此祝福远行的亲人平安顺利，称之为"鳎食"，谐音"踏实"。

比目鱼可加工成比目鱼干，洗晒之后，冷气烘干，去皮去头尾，加工成薄薄的鱼干。秋风起时，我去玉环出差，在应东至应沙的环岛公路上，一张张的网帘上，晒着一排排整齐的比目鱼，如临兵列阵，果然有王余鱼的气势。

但爱鲈鱼美

一

一夜风雨急，最强台风"利奇马"已经登陆浙东温岭的隘顽湾。养殖业靠天吃饭，最怕台风。我惦记着乐清湾东门头港的海鲈鱼，打电话给杨济旭。老杨是海鲈鱼专业养殖大户。电话里，老杨的声音低沉压抑，"利奇马"裹挟着狂风巨浪袭来，老杨的鱼排网箱被冲得七零八落。他的鲈鱼已经放养了三年，每条重量超过三斤，达到出口标准。再过一星期，就可以起网收鱼，运往韩国。因为强台风的袭击，鲈鱼被巨浪撞击，成千上万条大鲈鱼，无一存活。三年的心血，毁于一旦。这是老杨的鲈鱼养殖场，继2004年云娜台风之后，遭受到的又一次灭顶之灾。

台风过后的第二天，我来到坞根。太阳毒辣，阳光反射在海面上，晃得人睁不开眼。老杨划着小船，把我接到海中间的渔排上，说着他的不甘。老杨大高个，黝黑清瘦，大海就是他的牧场。他养鲈鱼有20多年了，说起鲈鱼如数家珍。

鲈鱼以大为美，家乡的海鲈鱼，以坞根出产的名气为大。温岭的坞根与温州的乐清接壤，共享一片海湾——乐清湾。这一带是淡水与海水激荡的海域，也是全国潮差最大的海域，以鲈鱼、紫菜、夕阳闻名。烈日下，老杨忙着清理鱼排，捞走白花花的死鱼。准备天凉时，重新投放鱼苗。海边人见惯了风浪，自有一股子韧劲，哪怕被打倒，也能很快站起来，重整旗鼓。

二

鲈鱼的大名叫七星鲈鱼，小名花鲈，鲈鱼长得像花姑娘，银白色的身子上，有一个个的黑点，这些黑点的数量，会随着年龄增减。它是西晋张翰嘴角的朱砂痣，也是隋炀帝心头的白月光。隋炀帝对鲈鱼的肥美鲜嫩赞不绝口，尝过吴郡敬献的鲈鱼后，击节叫好："所谓金齑玉脍，东南佳味也。"金齑玉脍，就是雪白的生鱼片蘸着调料吃。新鲜鲈鱼片成的鱼片，洁白如雪，姜蒜末拌成的齑料，色泽金黄。金黄与玉白相杂，留下"金齑玉脍"的典故。

文人爱鲈鱼，千百年来，关于鲈鱼的赞歌总是一曲接着一曲。从"风饱横江十幅蒲，秋声正有玉花鲈""桃花水暖鲈堪脍，恨不相携买短蓑"到"黄花白酒鲈鱼晚，别有江南一段秋""纸帐梅花归梦觉，莼羹鲈脍秋风起"，莼菜羹、鲈鱼脍，都是江南风物，也是乡愁的载体。鲈鱼身上寄托的文化意蕴，远甚于口腹之欲。江南的鲈鱼莼菜，表达的是士人的生活态度和价值取向，荣华富贵我不稀罕，我只想回家过不被约束的自由生活，想吃吃想喝喝，不用看人脸色行事。

800多年后的辛弃疾，念起西晋张翰的故事，在《水龙吟》中道："休说鲈鱼堪脍，尽西风、季鹰（张翰）归未？求田问舍，怕应羞见，刘郎才气。可惜流年，忧愁风雨，树犹如此！倩何人唤取，红巾翠袖，揾英雄泪！"比起张翰，辛弃疾更见血性。在写景抒情之后，直接言明心志：我不学为莼菜鲈鱼美味回乡的张翰，也不学求田问舍的许汜，我回故乡，当是收复河山之时，只是北伐无期，壮志未酬，一腔热血，无所寄托，也只有红巾翠袖的歌女，理解我烈士暮年的失意，为我擦去滚滚热泪。

三

鲈鱼有淡水海水之分。鲈鱼对盐度的适应性强，既可在高盐的海水中生活，也能栖息近于淡水的入海河道中。若以肉质而论，江中鲈鱼细皮嫩肉，但肉味较淡，而常与风浪搏击的海中鲈鱼，一身肌肉紧致结实，更有嚼头。

故乡江河湖海众多，过去野生鲈鱼常见。灵江等地常能捕到肥大的江鲈。海中的鲈鱼更多，有白鲈和黑鲈，白鲈背部呈青灰色，背上有很多的黑色圆点，如日本艺术家草间弥生画笔下的圆圈图案；黑鲈颜色较黑，黑色斑点不明显。家乡的海鲈鱼，自古出名，明代起，就跟黄鱼、鲻鱼、银鱼、虾米、泥螺、白蟹、水母一起成为岁供，成为御膳房里的东海佳肴。

鲈鱼是混世魔王，食相凶猛，家乡谚语道，"鲈鱼常带两把刀，小鱼遇到拼命逃"，它属花鲈科，狼性十足，肚子饿了，就是亲生的子女也会"啊呜"一口吃掉，没有点当爹娘的慈爱，故被称为鲈霸。前些日子，有钓鱼高手在玉环漩门湾钓起一条45斤的鲈鱼王，霸气得很。这条野生的七星鲈，活了几十年，抱在怀里，足足是一个大胖小子的分量，在它的追刀之下，不知丧了多少条鱼命。

鲈霸一旦上了岸，就成了刀俎下的鱼肉，任人摆布。"江上往来人，但爱鲈鱼美。"人们爱的不是它貌美如花，而是它的一身嫩肉。鲁迅也爱鲈鱼，早年他在南京路矿学堂读书时，曾作《戛剑生杂记》四则，里面就写到鲈鱼饭："生鲈鱼与新粳米炊熟，鱼须砍小方块，去骨，加秋油，谓之鲈鱼饭。味甚鲜美，名极雅饬，可入林洪《山家清供》。"

　　李时珍很是推崇鲈鱼，说鲈鱼能"补五脏，益筋骨，和肠胃，治水气，多食宜人，作鲊尤良，曝干甚香美，益肝肾，安胎补中，作脍尤佳"。可见鲈鱼营养价值之高。鲈鱼跟黑鱼一样，是手术后修复伤口的最佳食补。台湾各大医院附近，都有鲈鱼汤卖。

　　这些年，只要到乐清湾调研，我都要去坞根看望一下老杨和他的鲈鱼。海面上，一排排的鲈鱼网箱铺陈开来，远望如水田。这片20多公顷的海面，大约有4800个网箱，网箱下面，就是活蹦乱跳的鲈鱼，还有黑鲷、梭鱼、红鼓鱼等。

　　乐清湾常年有淡水注入，盐度适宜，水中生物丰富，滋养的鲈鱼格外丰腴肥美，加上水流湍急，鲈鱼的运动量大，体健肉嫩。老杨的鲈鱼，大多出口。鲈鱼生长速度慢，要过三年，才能养到三斤，然后运往日韩。日韩民族吃鱼，讲究"鲜"字，老杨记得第一次见韩国客户时，这位精壮的韩国人，用网兜从网箱里打捞上一条新鲜的大鲈鱼，当着老杨的面，将鱼拍晕，用自带的尖刀，将鲈鱼切成一片片极薄的鱼片，蘸着芥末直接吃，那种"爽呆了美翻了"的表情，直接把老杨看呆了。

　　鲈鱼六月肥。故乡有"冬鲫夏鲈""寒乌（鲻鱼）热鲈"之说，天冷时，鲫鱼、鲻鱼养得一身膘，到了夏天，鲈鱼的肉质格外肥美。故乡称夏天的肥鲈为"夏鲈白"，听上去简直就是小清新的艺名，不复"鲈霸"诨号之凶悍。

鱸魚巨口細鱗而身斑背微青
卵松江之鱸亦與四方斑鱸同
本草曰食宜人作鮓尤良煑葉
與乳酪共食多食發痃及瘡綺
宿府四天下之鱸皆兩腮惟松
之鱸四腮今考松江四腮鱸別
是一種非巨口細鱗之斑鱸也
予客松江得食四腮鱸始知松
書所引多候稍也

鱸魚質
洛鯉河魴
安慶鰣鱓
四方斑鱸
何羨松江

　　鲜活之鱼，最宜清蒸，用李渔的说法就是，清蒸能使"鲜肥迸出，不失天真"。新鲜的夏鲈白身子改刀，塞上姜片火腿片，以花雕酒蜜渍，再上架清蒸，鱼安静而安详，如山间夜月，银白透亮。蒸好后，一勺滚烫热油浇到鱼背，"嗞"的一声，冒出一股白汽，随同白汽散发出来的，是勾人馋虫的鲜香。

　　除了清蒸，红烧、剁椒、糖醋亦可，还有铁板烧鲈鱼、桂花鲈鱼、瓣酱烧鲈鱼、家常葱烧鲈鱼、干烧酸辣鲈鱼。鲈鱼片与粥同烧，鲜美无比，一条鲈鱼能折腾出不少花样。鲈鱼的鱼肚鱼肠也很好吃，鱼肚尤美。

　　盛夏的坞根，夕阳西下时，朋友在鱼排上垂钓。苇叶青，白鹭飞，夕阳染红了鹭鸟的背，麻雀叽叽喳喳地叫，好像饶舌的孩子放了学一路打闹，吵着嚷着。朋友钓上来的鲈鱼，直接拿到边上的饭店清蒸，从海里到嘴里，争分夺秒，保留了最大的鲜味。吃鱼顶要紧的是鲜，其次才是肥，又鲜又肥的，毫无疑问，那是上品。肥嫩鲜美的鲈鱼，佐以杨梅烧酒，就着窗外的落日余晖，可图一醉。

海蜓冬瓜汤，胜过鳖裙羹

一

鳀鱼，浙东称之为海蜓。家乡县志称它为海艳，这是一个香艳的名字，仿佛是大海中的艳物，实际上它长得质朴平常，如乡间稚童，从未穿花戴柳，因常以咸鲜面目示人，又被叫成海咸。

鳀鱼

海蜓又被称为丁香鱼，因为鱼身小巧细长，如美人耳边戴的金丁香，故名。在浙东，丁香是耳环的代名词。海蜓体细微白，两眼如芥子，背部蓝黑，腹部银白，也有人称之为黑背、小银鱼。清人聂璜称它为"海焰鱼"。说它秋日繁生，寸余而细，色黄味美，味道要比银鱼好。

海蜓处于大海食物链的底端，海蜓在大海中游动，如一叶柳叶漂浮在海上，它喜光，喜欢围着光圈、云影嬉戏打转。鲈鱼是它的宿敌，马鲛鱼是它的噩梦，海蜓是鲈鱼、马鲛的口粮。见有追兵赶来，一大群鳀鱼跃出海面，瞬间，又跌落海中。马鲛鱼的大嘴一张，如同强力吸尘器，瞬间就误了数百条卿卿性命。

鳀鱼体长不到半根筷子，小的只有一厘米左右。每年西风凛冽，寒流入侵时，海蜓就离开黄海北部和渤海，到黄海中部越冬，小寒大寒，是一年最寒冷的季节，它便向东南移动，进入东海。

二

家乡谚语："乌贼靠拖，海蜓靠窝。"海蜓虽小，但向往光明。它生活在浅海，喜欢群居，向往光明成为它的原罪。五六月间，江南梅雨来临，天气闷热，海蜓旺发，浙东渔民常在东海巡游，海蜓性子敏捷，见有船网靠近，便沉入水下逃逸。然道高一尺，魔高一丈，渔民知其习性，等到夜幕降临，以灯光引诱，由外朝里围捕，称"靠窝"。渔网一张开，密密麻麻的海蜇如扑火飞蛾钻入网中。网一收紧，如同在大海里打捞上几十万条柳叶，海蜇在鱼筐里闪着银光。海蜇加工成的罐头，就叫"银鱼柳"。

海蜇是小姐身子丫鬟命。它虽卑贱，但身子骨跟小姐一般柔弱，体小皮薄，不易保存，离开大海后，肉身极易残破碎烂，故它还有几个诨名：离水烂、老眼屎，浙地俗称为烂船丁。离水烂、烂船丁，顾名思义就是这种鱼离开水会迅速腐烂。老眼屎，是说它烂后的肮脏相。如同小时候我们给同学起的外号"鼻涕虫"。

东海鱼族，离水之后，常被渔家晒成各种鱼干，大的称鲞，小的称鲑，海蜇是最小的鲑头。新鲜的鳀鱼，一般是炸着吃、煮着吃，小鳀鱼一般晒成鱼干。海蜇捕捞上后，得立马处理，投入滚烫沸水，快速冲洗。出水后，薄薄一层，分摊于竹簟之上，阳光下晒至九成干，就成了下饭利器。

海蜇干以大小与睁眼与否来定身价，越小身价越高，一厘米左右的小海蜇比大海蜇金贵。最小的海蜇，身白细嫩，体长不过20毫米，晒干后，色泽金黄，细似桂花，渔人称之为细桂，称之为眯眼海蜇，意思是刚出生，稚嫩到连眼都没睁开的海蜇，一斤有八千到一万条，其味最鲜美，身价最高，如明前龙井。清代学者全祖望诗中的"千箸鱼头细海蜇"，说的就是这种头水的眯眼海蜇。二水的海蜇，色略灰，称为中桂。三水时，已经发育成熟，色青灰，称为粗桂。如暮春茶叶，芽叶已老，价格已跌。等到秋风起时，被称为秋白，味粗涩，只宜于调制鱼露。

三

海蜇极鲜，味类虾米，最宜当作开胃小食和下酒小菜，吃货袁枚也不忘为小小的海蜇记上一笔，他给海蜇安排的出路，一是蒸蛋，二是作小菜。新鲜的海蜇，不止炒蛋，炒青椒红椒、炒丝瓜蒲瓜、炒咸菜，味道不俗，也可放汤。海边人道，"海蜇冬瓜汤，胜过鳖裙羹"，意思是，海蜇干与冬瓜一同放汤，味美胜过鳖裙羹。哪怕最简单的紫菜海蜇汤，也妙不可言。赤日炎炎，身重体倦，胃口不开，海蜇干咸鲜入味，十分下饭。

海边渔家乐的冷盘，常见凉拌海蜇、醉泥螺，也少不了一碟杂鲞头。杂鲞头就是各种小鱼干，有龙头鲞、凤鲚鲞、泥鳅鲞、海蜇鲞，最常见的便是海蜇鲞。从前还有弹涂鲞，自从弹涂身价跻身豪门之列，它就不肯屈尊在杂鱼鲞中了。

海边人家的下酒小菜，豪华版的是黄鱼鲞蒸腊肉、芹菜鳗鱼鲞，普通版的则是虾皮、海蜇。海蜇干油炸后，与各种干果搭档，下酒极好。浙东三门有松子炒海蜇，宁波有海蜇炒腰果，韩国有核桃炒鳀鱼。海蜇鲜香而酥，松子腰果核桃油香而脆，风味妙绝。一筷海蜇，一口老酒，快乐似神仙。

鳀鱼做成的酱汁，是极鲜的调味。捕捞上来的鳀鱼，在船上用盐腌渍，如同腌咸菜，一层盐一层鱼，层层叠加，上压大石。数月之后，就成了鳀鱼酱汁。鲜香浓郁，是调味佳品，一两滴下去，立马提升食物的鲜味。哪怕是极淡的白灼蔬菜，加了几滴鳀鱼酱汁，立马变得神采飞扬，风情万种。

浙东沿海以鳀鱼做酱汁提鲜，古罗马人也想到拿鳀鱼来提味，他们将鳀鱼、韭葱、洋葱、酒、蜂蜜、橄榄油等混合，做成鱼酱。法国人则将鳀鱼制作成鳀鱼黄油。我在法国尼斯，吃过当地著名的鳀鱼比萨，除番茄酱、芝士、橄榄之外，另有鳀鱼加盟。海鱼之咸鲜与时蔬之清鲜交杂，别有风味。

鳀鱼虽小，中外通吃。

西风烈，海鳗肥

一

一夜西风紧，薄霜白了屋顶，旷野的油冬菜、萝卜缨，甚至稻草垛上，都披了一层白，大地和远山，有种苍茫的感觉。临近年关，又到了腌肉、酱鸭、晒鱼鲞的时候。

每年12月到次年2月，东海岸，西风烈时，海鳗成鲞。

海鳗是生活在大海里的鳗鱼，是河鳗的远亲。跟河鳗相比，海鳗牙更尖，嘴更长，个头更大，毕竟大海的辽阔非江河溪流可及，大海里的对手也比江河溪流的更强大，需要更尖利的牙齿与之抗衡。生活在大海里的海鳗，还要经常承受水流的冲击，时刻准备与风浪搏击，所以表皮也较河鳗厚实，看上去更壮实，身材更紧致。

海鳗长相狰狞，一张嘴如鳄鱼般凶狠，它的嘴里长着倒钩的尖牙，锋利无比。更可怕的是，两排牙齿间，还长着一列骨牙，如钢锯，如铡刀，看中猎物，一口下去，"铡刀"立马将骨肉撕扯开，甚至铡断，从它的诨名"狼牙鳝"中可知其彪悍。老家曾有渔民，在大海里打鱼，一网撒下，揪出一条比人还高的海鳗，正高兴间，凶猛的海鳗跳起身来，一口咬断他的血管，险些让他命丧鳗口。

海鳗体背灰色，身材曼妙，是大海里的游泳健将。它白天潜伏于岩穴、泥沙、珊瑚礁中，夜间出来索食虾兵蟹将、乌贼海螺，它闪电般地向猎物发起进攻，用尖牙夹住到嘴的猎物，迅速拖入腹中。它的生命力极其健旺，家乡人认为它能壮阳强肾，补血补气，海鳗的鳔，据说可以治胃病。

鳗鱼

灰背的鳗鱼，在东海最为常见，舟山人称之为狗头鳗，因为它的头像狗头，身宽体胖，肉质较粗，口感偏硬。老家的人嫌它口感不够好，通常用来制作鳗鲞。

东海中，还有沙鳗，俗名星鳗，大名星康吉鳗。台湾人比较文艺，称它为"繁星糯鳗"。沙鳗是海鳗中的上品，常藏身于海底石缝洞穴中，故日本人称之为"穴子"。每年秋分时节，桂花飘香之后，便迎来寒露霜降。反复侵入的寒潮，让它离开故土，向长江口以南的地方洄游。沙鳗油脂多，清蒸时，泛着亮汪汪的油花，外皮鲜香，肉质细嫩，故又称油鳗，它长得比狗头鳗苗条。

家乡有渔谣："海鳗滑溜溜，走起路来袅三袅。"世人形容美女扭动的小蛮腰为水蛇腰，我觉得不如叫海鳗腰。

除了星鳗，大海中，还有外表时尚、穿着豹纹装的鳗鱼，美丽如彩虹的彩虹鳗，随着水流摇曳如水草的花园鳗，林林总总有十多种，它们是大海中的时尚一族，只可远观，不可食用。

二

海鳗在夏季北上生殖，秋冬季南下越冬，它遨游万里，只为完成史诗般壮美的生命传承。温台外海就是海鳗的越冬场和中转站，也是鳗鱼长途奔波后的栖息地。春末夏初，楝花如雪，它们

鰄鰓魚軟滑涎粘手中難提刲
水之中復有一鱗在其頷下尾
圓而大背膄之翅青潤或海鰄
之種類也福州志有狀鰓鯱即
此

鰄鰓魚贊
罷而且軟葉而更弱
本不剛強却又狡滑

游进披山、大陈渔场，立夏之后，桐花落地，它们又要远行，经鱼山、韭山、洋鞍渔场，到达嵊泗、余山渔场。立冬前后，寒潮袭来，它们又返回到温暖的大陈渔场。

大陈岛附近的大陈渔场、三门湾东面的猫头洋渔场、玉环岛边上的披山渔场，是有名的东海渔仓，盛产大小黄鱼、带鱼鲳鱼、鳓鱼马鲛、虾兵蟹将，也盛产海鳗和石斑鱼。这几个渔场多岩礁，而石缝洞穴正是海鳗理想的栖息地。从前，鳗鱼旺发时，玉环渔民常用延绳钓作业，一次能钓到6000公斤的海鳗。玉环的延绳钓捕捞作业，在明朝嘉靖年间已兴起。惊蛰起，以捕鳗鱼为主，俗称"霉鳗"。立秋，起捕带鱼，称"钓秋带"，延绳钓捕获的带鱼，外观完好，长度超过一米，银光闪闪，望之如入刀剑库。冬至，南下大陈、披山等渔场，称"冬钓"。

鳗鱼卵孵化出来时，细如银针，只有二三毫米长，全身扁平透明，几乎跟海水浑然一体。清代聂璜在他著名的《海错图》里，画了一条东海的"水沫鱼"，又小又细，身体透明，内有细细的纹路，在太阳底下一照，无骨无肉，鳗鱼苗干如薄纸，聂璜于是认定海鳗跟水母一样，也是由水沫凝结而成的生物。

海鳗当然不是水沫凝成的。慢慢地，它就长成宽宽的柳叶状，被称为柳叶鳗。幼年的鳗鱼像柳叶，这样的身材适合它随波逐流。等到成熟长大，袅娜多姿的流线型身材，适合它乘风破浪。

终其一生，鳗鱼都在大海长途旅行。如果以里程计，它走过的路也许不会比徐霞客少。在海鳗的气质里，也深藏着它走过的路，吹过的风，看过的云。

三

鳗鱼味美，凡吃过鳗鱼的，皆念念不忘。当年吴王夫差喜食鳗鱼，常遣大将快马飞鞭，取回新鲜海鳗，让宫中御厨烹制，供他独享。

在家乡，鳗鱼丰收季，是吃货们的美食季。鲜活的海鳗，除了切成连刀小段清蒸外，还可以切成小块，与红薯粉、葱、姜搅拌，煮成其鲜无比的鳗鱼羹。或者去皮剔骨，剁成鱼泥，拌上红薯淀粉，做成鱼丸、鱼饼、鱼皮馄饨。

在家乡，海鳗最常见的出路是晒成鳗鲞。新年临近，西风凛冽，渔乡的主妇总要晒制各种腌货与干货，除了酱鸡、酱肉、酱鸭、腊肉之外，鳗鲞是少不了的。年关到了，只有屋檐下、厨房下挂满酱肉、腌肉、鳗鲞、黄鱼鲞，这个年才过得有底气。

用清水洗去鳗鱼黏乎乎的体液，放在砧板上，剖开，去除内脏。剖开后的鳗鱼，再不能沾一滴水。用毛巾擦去血污和水分，再用木棍交叉撑开，挂在通风处晾干。西风烈时，把海鳗放在风口，一两天就能晾成扁平的海鳗鲞。

同为晒鲞，晒鳗鲞跟晒黄鱼鲞不同。黄鱼鲞要在烈日下暴晒，鳗鲞如果放在太阳下暴晒，就会晒出鳗油，有一股子"桐油味"，叫"走油"，口感就差远了。激发出鳗鲞鲜味的，不是太阳，而是凛然而决绝的西北风。西风烈时，最宜晾鳗鲞。南风天和阴雨天，则不宜晒，容易回潮。当年晾制的鳗鲞，在浙东，称为新风鳗鲞，听上去，仿佛是朔风带来的鲜味。

鳗鱼可做成咸香的鳗筒。鳗鱼去除内脏，放进盐汤，再放姜、葱去腥，泡上一夜，咸味入身，用麻线把鳗鱼从头到尾五花大绑，一圈圈扎好后，放到通风处晾干。风干后的鳗筒厚实咸鲜，最大程度保留了原生态的海味。过去，父亲常备鳗筒，硬菜不够或家里来客，一碗鲜香的鳗鲞菜端出来，或蒸或炒，镇得住场子。

在家乡，鳗鲞炒芹菜、清蒸鳗鲞、酱肉蒸鳗鲞、肉片炒鳗鲞、鸡肉火腿焖鳗鲞，十分常见。年前提早囤好的鳗鲞，家乡人有几十种烹饪之术对付它。清蒸鳗鲞，是将风干的鳗鲞切成一块块，加料酒、葱、姜蒸熟，鲜香扑鼻，圆鼓鼓的鳗鱼块，吃上去有胶质感。等鳗鲞稍凉，顺着鳗鲞的纹理，慢慢撕扯着空口吃，坚实韧结，很有嚼头。鲞皮油亮，色泽透亮，咬在嘴里，肥香鲜糯。

酱肉蒸鳗鲞，是我的最爱。暗红的酱肉切成薄片，一片鳗鲞一片腊肉，放在一起蒸，如果加上几片玉白的冬笋片，酱肉酱香馥郁，鳗鲞咸香入味，冬笋鲜脆可口，牙齿撕扯着略硬的酱肉和鳗肉，品尝到山海之间不同的咸香。

我在南美智利吃过海鳗汤。海鳗腌制后，与胡萝卜、洋葱、大蒜和奶油同煮。智利人热情奔放，觉得他们的海鳗汤美味无双，一个劲劝我多喝点。他们说，这道菜有多美味，天堂就有多美好。智利著名诗人聂鲁达也为海鳗汤唱过赞歌——

> 在温火下
> 缓慢释放出香浓美味……这道菜一尝
> 你就知天堂

海鳗经得起这样的赞美。

章鱼壶中梦黄粱

章鱼圆首八足，双眼鼓突，又称八爪鱼。它残忍好斗，足智多谋，张牙舞爪之状，如同旧时锦衣卫，鹅帽锦衣，着甲扛刀。大型章鱼体貌雄伟，在大海沿途巡查，亦如锦衣卫腰间悬挂宫禁牙牌，手持金瓜威风出行。

章鱼的八条腕足上，有一个个小圆圈，排列得很有章法，古人因此称它为章鱼。这圆圈其实是章鱼的吸盘，即便狂风大作，巨浪涌来，吸盘都能牢牢地吸附住礁石，让它不至于被风浪卷走。章鱼的每条腕足上，分布着大约300多个吸盘，猎物只要被它有力的腕足缠住，就难以脱身。日本人在夏至插秧时节，要吃章鱼，盼望农作物在地下的根，像章鱼的吸盘一样稳固。

　　软氏三兄弟章鱼、鱿鱼、墨鱼，以章鱼最为狡诈。这三兄弟外形很像，禀性各有不同。章鱼喜欢搬运石头，给自己造石头屋，它能搬得起比自己重十来倍的石头。它喜欢黑暗，或藏身于螺壳，或躲入水底的瓶罐中，海底的沉船，给章鱼提供了无数的豪宅。只要船中有瓶瓶罐罐，几乎每个里面，都住着一只章鱼。这厮甚至会直接抢占牡蛎的家——它悄无声息地站在牡蛎边上，等牡蛎一张开壳，迅即扔进一块石子，让牡蛎无法关紧大门。然后，食其肉，霸其屋。渔民知其习性，或以绳穿螺壳，或将陶罐沉入海底，引君入瓮，待章鱼钻进去安好家，然后上拉提取。日本松尾芭蕉有著名俳句："章鱼壶中梦黄粱，天边夏月"，意思是章鱼只能在壶中做美梦，夏夜的高空悬着凄冷的明月。诗里有幽深的禅意。章鱼壶就是口小身大的陶罐，专门用来捕捉章鱼的。

　　章鱼离开大海后，还能存活数日，它将水存在套膜腔中，依靠水中的氧气续命。生存能力之强，让人惊叹。

　　与喜欢黑暗的章鱼不同，鱿鱼、墨鱼向往光明，知己知彼的渔民，在渔船上挂灯诱捕。见有亮光，鱿鱼、墨鱼如飞蛾扑火，向着光明，直奔而去，被一网打尽。

　　三兄弟中，最有骨气的是墨鱼，一身硬骨，大如盾瓦，旧人以此卜卦，家乡《嘉定赤城志》记："土人以元夕阴晴卜多寡。"至于鱿鱼，是软骨头。章鱼则柔若无骨。有骨的鱿鱼、墨鱼，游

起来极快，无骨的章鱼行动缓慢，以腕中吸盘沿海底爬行。

　　春末夏初，是章鱼的产卵期，章鱼喜欢在螺壳中产卵。章鱼卵，如春分时的紫藤花，一嘟噜一嘟噜地垂挂下来，故章鱼卵又叫"海藤花"。鱿鱼卵，米粒大小，粘在海草上，成百上千的鱼卵聚合一起，如黄白的大豆角。墨鱼卵，则是黑黑的，一粒粒结成球，如蓝宝石葡萄。

二

　　然而，最柔软的，往往是最强大的。章鱼没有厚重的甲壳、没有防身的棘刺，身上也无寸骨，唯一携带的，只是墨囊。章鱼是个狠角色，如果对手强大，它放一把烟幕弹，虚晃一枪，伺机逃脱。就算不幸被对手擒获，它当机立断，决绝地扯掉自己的腕足，立马脱身。章鱼的腕足断后，血管会迅速收缩，不出数日，断腕之处，又会长出新的腕足。

　　章鱼是个戏精，在水底常变色伪装。它平素阴险地藏身于海底，伸出一二条带子一样的长长腕足，打探敌情，伺机捕猎。一旦看中猎物，使出独门绝技，身上的八只腕足，如金钟之罩，迅即将猎物卷入腹中。

　　章鱼出手，又快又狠。南宋家乡志书记载了章鱼的故事：章巨，海滨人呼为章鱼，或章举。有大小两种。那种长至三五尺的大章鱼，腕足完全伸展，可达三米，称为石蚷，俗名老鸦章。老鸦章最喜欢吃鸟，祖胸平躺于水上，天上的飞鸟以为大海漂来美食，飞下来啄其腹部，大章鱼长长的触手一卷，以迅雷不及掩耳之势，将鸟卷入腹中。老鸦章阴险奸诈毒辣的诱捕手段，与锦衣卫相比，有过之而无不及。另一种似章巨而短小者，叫望潮，软萌可爱，它游行于滩涂上，每到涨潮时分，翘首而望，故名。望潮味美，农历八九月最盛。

章鱼胃口极大，清代《海错图》一书，有章鱼吃小猪的记录：海滨农户养猪，母猪刚生下小猪。小乳猪性子活泼，常跑到滩涂活动。但农户发现，每天家里都少一头小猪。最后，仅余一头母猪。一日，农户忽然听到母猪吱吱叫着跑过来，身上拖挂着一只斗大的章鱼。

这并非志怪小说，家乡的渔民知道，章鱼岂止吃鸟，吃小猪，它们连体重大几倍的龙虾、鲨鱼也敢吃。

三

章鱼长得怪里怪气，但一身白肉紧实细致，味道甘美。烹饪章鱼，有章鱼烧、芥末章鱼、铁板章鱼、章鱼刺身。章鱼烧就是章鱼小丸子，面团里面加入章鱼粒，放在一个个有圆孔的铁板中，烤成丸形，再加海苔、沙拉酱，做法类似江南的梅花糕。

刚从海里捕捞上来的章鱼，鲜嫩无比，宜做成刺身。先用热茶快速汆烫，肉身显出赤豆色，有种妖娆之美，再迅速过一遍冰水，切成白中带粉的薄片，鲜甜爽脆。

铁板章鱼，在大排档常见。铁板上刷一层薄薄的菜油，一整只的活章鱼放到铁板上，热铁烫得章鱼不停扭动，身形狰狞，如同古代炮烙之刑。"刽子手"用小铲子不断地压实，力图让它与铁板贴得更紧实些，并不时翻动它的身子，使它两面均匀受热。章鱼被煎得滋滋作响，身上的水分，变成一股白汽冒出。在高温煎烤中，章鱼身子随之缩小，散出一阵阵微焦的香味。

炙烤过的章鱼焦红透白，去除体内水分后，肉质更紧致，抹一层酱料，撒一点孜然，口感鲜香劲道，尤其是身上一个个凹凸的小圆圈，多了几分弹性几分韧劲，撕扯之间，唇齿缠斗，颇有乐趣。这种快感，如同以牙齿对付蟹脚和核桃。烤好的章鱼要趁热吃，焦脆肥嫩，凉了后，肉质变硬变柴，味道差远了。

章鱼味美，在古人眼里，还有强大的壮阳功能。章鱼身子黏糊，吸力强大，恋爱中的章鱼会缠绕在一起。日本浮世绘大师葛饰北斋有《章鱼与海女》图，画中的章鱼，以腕足缠绕住裸体的海女，海女右手持一只巨大的蚌壳，有着不可言说的暧昧。

古人孜孜不倦地追求房中之术，用各种法子各种招数。传闻唐代文坛领袖韩愈就是因壮阳而死，《清异录》有记，韩愈到了晚年，还兴致盎然，以硫黄粉拌饭喂公鸡，并且始终让公鸡保持童

章巨贊　一名泥婆

雌雄有別魚蟹蝦螺

墨魚之妻鷹是泥婆

章巨似章魚而大亦名石巨或云即章魚之老於深泥者大者頸大如匏重十餘觔足潛泥中徑丈鳥獸

限其間常摅而哎之海濱農家畜母嬴乳小豕一窠於海瓮開每日必失去一小豕嬴不鮮久之乃止存

一母嬴一日怱開母嬴嘴奔而來拖一物其大如牛視之乃章巨也盖章巨之鬚有孔能吸粘諸物雖蟹

小豕力不能勝皆為彼拖入穴飽哎母嬴則身大力強并吞之故智欲并吞之虯知友為母嬴拖拽出

穴海人驚相傳始知章巨能食豕

章巨有章巨之種四月生子入泥逢秋冬潛於深水至緩始出漁者以飼得之此物生風人多不敢食食

之常生班惟眼留於海上者食之無害

子之身，养足千日后，杀而吃之，取名"火灵库"。隔天一吃，结果，补过头了，人也挂了。明代野史《万历野获编》记载，名相张居正妻妾众多，为了雨露均沾，每日要吃房中药。蓟帅戚继光曾献山东海狗肾给他，张居正食后，内热大盛，暴毙，享年58岁。

大海中的章鱼有300多种，有的雄性章鱼在一日之内，可以不知疲倦地与雌章鱼交配十多次，如吃了金枪不倒药，这种强劲的性能力，让古人十分羡慕。但更多的章鱼，一生只交配产卵一次，完成传宗接代重任，很快就挂了。哪怕最长寿的章鱼，寿命也活不过五年。

古代医书说，章鱼能通经下乳，改善产后乳汁不足。按照中国传统的以形补形法，章鱼八爪，四通八达，通乳自然也就不在话下。从壮阳到通乳，古人赋予了章鱼各种强大的功能。

在神话传说、志怪小说和野史笔记中，章鱼常常以海怪的形象出现。美国科幻片中，章鱼是恐怖的地球入侵者，最后统治了世界，人类也成为它的臣民。

章鱼是软体动物，是大海中的智者。章鱼有三颗心脏，足部有多达五亿根神经元。它善谋略，能走迷宫，懂得使用工具，会像女人一样要性子。把它关进瓶子里，它竟然能够从里面拧开瓶盖逃脱。世界杯中的章鱼保罗，还是大名鼎鼎的"预言帝"。

自从知道章鱼是地球上唯一接近于外星生命的物种后，我再也不敢像从前一样，毫无顾忌地吃章鱼了。

鱿鱼妖娆

一

鱿鱼跟墨鱼、章鱼一起，被称为"软氏三兄弟"。比起肥壮圆扁的墨鱼、足谋多智的章鱼，鱿鱼身材修长，白里透粉，带点妖娆，身上有淡褐色的雀斑，体表略带白霜，十只腕足短短的，气质楚楚动人。它身体柔软，游动起来，舞动腕足，如秋日菊花在海中徐徐绽放，有文艺女青年的浪漫气质。

鱿鱼身体狭长，末端长得像标枪的枪头，是枪乌贼家族的成员。全球的枪乌贼，林林总总有300余种，有武装枪乌贼、剑尖枪乌贼等，光听名字，仿佛都是些持枪的绿林好汉。实际上，鱿鱼并非蛮汉，它娇俏文弱，体内只有一根长而透明的软骨，只要抽出这根晶莹透明的软骨，鱿鱼如同被扒了脊梁骨，身子就瘫软

日本枪乌贼

了。它不似乌贼，有白厚硬实的海螵蛸，当防身的盾牌。

有些地方把鱿鱼称为锁管，也很形象。鱿鱼身直而长，状如古代的锁头，长条角质软骨在身体之内，如长条钥匙插进锁头。鱿鱼大中小体型的都有，厦门人喜欢以各种"管"来打趣它们，最大的叫炮管，其次是大管、中管，最小的叫小管。简单明了，有直男气息。更直白的，则是敝乡人，所有鱿鱼只分鱿鱼和虷蛄两种，管它来自太平洋，还是大西洋。

二

关于海洋生物的启蒙教育，通常来自菜场。海鲜摊位，大小鱼鲜、虾兵蟹将，抢占显眼位置，螺呀贝呀，放在边边角角。浑名越多的海鲜，说明它分布的区域越广。在敝乡，龙头鱼土名叫水潺，虾蛄是虾狗弹，中华管鞭虾叫红落头，至于鱿鱼，敝乡人称之为"蜡枪头"或"蜡枪"。

"来一斤蜡枪！"叫得出海鲜诨名的，通常是本地土著和资深吃货，他们眼睛毒辣，三米之外，就能闻鲜识货，他们能挑到最好的鲜货，与鱼眼一对视，就能知道新鲜与否；瞄一眼蟹壳胸腹，就知老幼肥瘦。挑选鱿鱼，则用"望闻问切"四法：新鲜鱿鱼望之色泽清新，闻之没有腥臭味；再按压一下鱿鱼身上的外套，如果外套光亮，紧实有弹性，那就是离水时间短。顺便扯一下鱿鱼头，如果头与身体连接紧密，不易扯断，那就是新鲜鱿鱼。更老道的，掂一下鱿鱼，就能分清它的故乡在哪里，是来自

太平洋褶柔鱼

东海，还是远洋。

几十年的捕捞，东海外海的鱿鱼越捕越少，渔船常跑到千里万里之外的远洋公海捕捞。鱿鱼向往光明，鱿钓船在夜晚用灯光将鱿鱼从深海吸引上来，再一网打尽。一段时间后，来自公海的阿鱿（阿根廷滑柔鱼）、茎柔鱼（南美大赤鱿）、秘鲁鱿鱼这些外国血统的大鱿鱼，就会出现在大小菜场和烧烤摊。那些粉红、大个、长须的大鱿鱼，老手们从不染指，这类鱿鱼，如非洲带鱼，大而无当，十足的银样镴枪头，肉质粗且硬，火候一过，还容易发柴，嚼之，如嚼木头。

三

鱿鱼是大海中的游泳健将，常年活动在水深80米以上的外海渔场，成群鱿鱼经过，闪烁着蓝色幽光。鱿鱼经受过风浪的洗礼，肉质紧绷。它们的身子会发光，以此引诱猎物。当猎物靠近，鱿鱼伸出十只腕足，如武林好汉的绳镖和软鞭，一抽一收，顷刻就能将猎物卷到嘴边，大快朵颐。

从前端午前后，鱿鱼旺发，渔船出海，打捞上满船鱼虾，自然少不了鱿鱼。渔船靠岸之前，吹起本船的螺号。各船有各船的螺号，熟悉的螺号一响，接鲜人放下手头活计，风一般赶到岸边。船一靠岸，一筐筐鲜货，各自搬运到岸，或挑到大小集镇的海鲜市场，或直接卖给小贩零售，或晒成鲞头鱼干。

六七月，鱿鱼多而肥嫩。小鱿鱼味甜肉嫩，味道比大鱿鱼要好。来自大海的鱼类，只要是鲜活的，通常都能生吃。新鲜的小鱿鱼，色泽清亮，可以直接入口。用来白灼，抽出小小的角质腭，除去体内的小墨囊，放水中略微一烫，迅即捞出装盘。鱿鱼身体挺直，连头带身，齐齐整整，码在盘中，如训练有素的一列火枪手。如果追求脆嫩口感，沸水烫后，放入冰水一浸，一热一冷，更能激发出自身鲜味。蘸上料汁，或酱油，或虾虮酱，或芥末汁，或鱼露，或辣椒蒜蓉汁，一人一只，分而食之，咀嚼之下，咯吱爆响，真是痛快！

带籽的鱿鱼，南方叫作“糕鱿”。春季繁殖期，成熟的生殖腺充满鱿鱼身体，籽满膏丰，香糯可口，白色颗粒粉粉糯糯，口感独特。在单位食堂若吃到带膏的鲜甜鱿鱼，有中了小彩票般的快乐。咬一口，大海味道倏然爆出，海味一波波涌来，让人没齿难忘。

吃了鱿鱼，游刃有余。鱿鱼是讨口彩的鱼。鱿鱼须炒春韭、爆炒鱿鱼、青椒爆鱿鱼、荷香糯米鱿鱼卷、西芹炒鱿鱼，在江南餐桌上最是常见。鱿鱼性子随和，切片、切段、切圈，炒蒜苗、韭菜、咸菜，都清妙可人。葱爆鱿鱼卷，最有艺术气息，将鱿鱼划成麦穗花刀，热油爆炒，鱿肉成卷，花纹如菊花绽放，视觉味觉，皆是享受。炒鱿鱼鲜香入味，只是职场中人，最怕“炒鱿

鱼"三字，鱿鱼一炒，就会打卷，形同卷铺盖，故在职场上，以此代称"丢饭碗"。

我独爱春韭炒鱿鱼须，碧绿的春韭切成段，与鱿鱼须一起，快速爆炒，鲜味儿直钻鼻子，韭菜带着丝微的甜，激发出鱿鱼的鲜香，咯吱咯吱，又鲜又有嚼头。鱿鱼炒糕，敝乡常见，年糕软糯，鱿鱼鲜嫩，与洋葱一番爆炒，鲜味渗透年糕中，鲜上加鲜。

夏日街头，常见鱿鱼串，一根根弯曲的鱿鱼须和一圈圈圆溜溜的鱿鱼圈，如糖葫芦般串成长串，在铁板上煎得滋滋响。炙烤中，鱿鱼外焦里嫩，肉质粉嫩透红，刷一层酱汁，咬一口，厚实、Q弹又有咬劲。家门口还有一家卖秘制鱿鱼嘴的小餐馆。鱿鱼嘴虽小，胜在有嚼头，过酒最好。

海边有鱿鱼饭，做法跟江南的糯米莲藕有点接近，鱿鱼洗净，去外膜和内脏，用调料腌制，将米饭、玉米粒、胡萝卜丁加盐炒后，塞进鱿鱼的身体中，再放油中煎至金黄。切成一段段，放入盘中，把汤汁浇于其上，口感丰富。

潮汕有鱿鱼醢，当地人称墨斗尔鲑，"醢"就是肉酱。把鱿鱼卵膏用重盐腌制，发酵半年，极尽咸鲜。用之蒸蛋、蒸肉饼，是海边人的塞饭榔头。紫菜炒饭配腌过的鱿鱼卵膏，让你一下子能干完两碗。

经过海风与阳光的洗礼，鱿鱼水分消失，晒干后，鲜味更加浓郁。放在炭火中烘烤，再用木棒一下接一下敲打，敲成黄白或淡黄的鱿鱼丝，口感疏松，不失嚼劲，有鲜明的东海气息。鱿鱼丝与鱿鱼须，是我小时候常吃的海味零食，也是春游必备的宝物。常常走到半路，就把鱿鱼丝吃光了，只能可怜巴巴地看着边上的同学大快朵颐，空咽口水。

日本有烟熏鱿鱼丝，还有鱿鱼天妇罗、鱿鱼刺身，最妙的则是鱿鱼酒瓶，把鱿鱼加工成酒瓶形状，热过的酒，缓缓倒入其中。数分钟后，鱿鱼带着酒味，酒里带着鱼鲜。喝完酒，再将鱿鱼酒瓶烘烤吃掉，鱿鱼肉身，酒香浓郁，鲜嫩无比。

虮蛄虮蛄

一

父亲酒量好，每天要喝几盅，几十年如一日，雷打不动，而且喝的是白酒，黄酒和啤酒不碰，嫌没劲。下酒菜，不是黄鱼就是带鱼，要么是白蟹青蟹，或者鱼鲞鲚头，再加各种贝与螺。顶不济，也要来盘螺蛳。一年到头，家里从未断过鲜。

父亲是20世纪50年代的大学生，也曾有过凌云志。大学毕业，被分配到中国社会科学院工作。动乱年代，被从北京发配到浙南云和。他喝酒是从云和开始的，酒是他浇愁的利器。父亲说那年头，山旮旯没啥好菜蔬，几年下来，人瘦成笋干。70年代末，拨乱反正，父亲费了周折，千方百计调回老家。老家温岭在浙东，靠海。父亲从小吃海鲜长大，不可一日无鲜。家中都是他主中馈，买菜、烧菜是他的活。那时大学生还很稀罕，我们兄妹三人在八九十年代考上大学。父亲很高兴，酒喝高了，就吹牛道："我天天烧鱼给你们吃，鱼吃得多，脑子好使，所以你们能上大学。"

那时海鲜很便宜，几毛钱可以买一堆。《台州水产志》记载了1979年温岭城关的海鲜零售价，7两以上的野生大黄鱼，0.29元一斤；小黄鱼，0.25元一斤；墨鱼，0.17元一斤；5两以上的大鲳鱼，0.32元一斤；2斤以上的鳗鱼，0.30元一斤；8两以上的鰳鱼，0.32元一斤。现在听起来，好像天方夜谭。

一年到头，我家餐桌都是海鲜唱主角，背景音乐是红灯牌收音机里传来的带着电流噪声的新闻播报。在餐桌上，在父亲的嘴里，我知道了黄鱼七兄弟；知道了墨鱼、章鱼、鱿鱼、望潮、鲑蛄（蚂蛄）的区别；知道黄鱼要吃嘴巴，鰳鱼要吃尾巴，鲳鱼要吃下巴；知道了正月雪里梅，二月桃花鲻，三鲳四鰳，什么季节要吃什么海鲜。父亲边喝酒，边现场教学，完成了对我的海洋生物启蒙教学，也培养出我"无鲜勿落饭"的口味。

"污搭污，墨鱼笑蚂蛄"，第一次听到这个俗语，就是从父亲口中。

二

虾蛄跟墨鱼、鱿鱼一样，是海洋软体动物。它是一种小型鱿鱼，清末本土秀才蔡骧的《土物小识》中有记："一种状似乌贼而极小，背无骨者，曰柔鱼，一名锁管，俗呼蜛蛄，是乌贼子生于海岸上，未受雄墨精而成者。"蜛蛄即本地人所说的虾蛄，亦称鲑蛄、鸡蛄，有些地方称为句公，也有叫它鱿鱼仔的。句公之名，显然不如鱿鱼仔，前者听上去，像是个老气横秋的夫子，而后者软萌可爱，一听就是鱿鱼爸妈捧在心头的小宝贝。

虾蛄其实并非蔡老夫子所说的墨鱼幼崽，它属墨鱼大家族不假，却是另一旁支，是一种体型极小的鱿鱼。

鱿鱼这个家族的成员，都挺有个性的，有的长得像丑萌的宠物猪、有的像吸血鬼、像透明玻璃、像穿着条纹睡衣的懒汉……名字带枪的鱿鱼，有好几种，中国尾枪乌贼、剑尖尾枪乌贼、杜氏尾枪乌贼、日本小枪乌贼以及火枪乌贼，可以组成一个手枪别动队。别的鱿鱼所持的都是大枪，唯日本小枪乌贼和火枪乌贼，佩带的是袖珍枪，且是最小的两把。其中一把，就是火枪乌贼，即浙东人口中的虾蛄。

虾蛄貌不惊人，个头小小，不甚起眼，它生活在近海沿岸的岛礁周围，以小虾为食。它向往光明，游泳速度也快，因为个头小，无法与大风大浪搏击，故不得不随波逐流，常随风流的影响而改换居住地，一生要搬家数次。春天，蚊蛄在内湾或河口产卵，卵子白色透明，许多卵鞘聚合在一起，像是一朵开放的菊花。暮春开始，东海里常见蚊蛄，一直到九月，都是蚊蛄的旺期。

三

海水的温度、盐度、食材的丰富度，鱼的新鲜度，还有时令节气、人文地理、文化认同和味觉偏好，构成了浙东人民对鱼族的评价体系。公认的是，产于东海的蚊蛄，春日口感最好，尤其是身上带膏时，肉质极为鲜嫩。所谓膏，其实是蚊蛄腹中饱满的卵。蒸熟后，晶莹剔透，口感如糯米饭一般黏糯，略带爽脆。

家乡有童谣："蚊蛄解锯，磨刀切菜，菜柱头切个碎，端个瓦板背。"解锯就是拉锯，菜柱头就是腌好的芥菜蒂，咸鲜爽脆。至于为什么是小小蚊蛄来拉锯，而不是大章鱼来拉锯，约莫也是看中了它的可爱。就像"最喜小儿无赖，溪头卧剥莲蓬"，一派天真，如果溪头卧剥莲蓬的是黑脸大汉，那就是另外的味道了。

家乡还有一句俗语"墨鱼笑蚊蛄"，用来讽刺对方，你跟我半斤八两，没资格嘲笑我。墨鱼与蚊蛄体内都有墨囊，遇到敌人，都会喷出墨汁，借机逃命，两个都会喷得自己一身黑，墨鱼

鎖管玉質紫斑　無骨體長寸餘綠唇
八短足四長帶味清美可為羹亦可
作鮓有長三四寸者更美
小為鎖管大為柔魚　日本剖曬作脯
不著鹽而甘美

鎖管贊
身為鎖管
鬚為鎖簧
鎖管嫻頓
鎖簧嫌長

自己不干净，偏要取笑蚜蛄一身黑，真是可笑至极。

　　春季蚜蛄鲜嫩，刚打捞上来的蚜蛄，体表呈现幼嫩的粉色，吹弹可破的样子，身上的纹理，如大理石般美丽，眼睛有透明眼膜。它跟小白虾一样，从海里捞上来后，蘸点酱油，可直接开吃。鲜嫩鲜甜，弹牙脆爽，咬一口，"噗嗤"一声，有时还会爆出汁水来。大海的鲜美，全在这"噗嗤"声中。

　　蚜蛄可爆、炒、烧、烩、籴，可炒绿蔬，白灼尤佳，肉质肥厚又鲜嫩，人称春季海中腌笃鲜。东海岸人家对风物天成的热爱，往往体现在这一口口的鲜甜上。

　　蚜蛄虽小，鲜味无穷，咸菜蚜蛄，味道鲜浓，食堂常有。每次我都会抢上一盘。夏天胃口低沉，一口咸菜一口蚜蛄，味蕾大开，一下子就从低音飙到高音。又如喝了一杯浓酽的太湖碧螺春，满口留香。如果幸运的话，吃到几只带籽蚜蛄，身子滚圆饱满，满肚子的膏，嚼之，沙沙粉粉，饱满糯香，如冬天雪粒子敲窗，激起无上的鲜味。

生猛海鲜

海蜇水多，阎王鬼多

一

故乡海岸曲折，港湾众多，海错云集，大小海鲜鲜美无比，有口皆碑，海蜇位列其中，如大地的野草，被春日的万千繁花所湮没。

海蜇者，水母也。水母是这个星球的遗老，资格比鲎还要老，在地球上已生活了6.5亿年。我从小爱吃凉拌海蜇，小时候并没有把褐色的海蜇与美丽多姿的水母联系在一起。工作后，到石塘渔村采访，才知道，常吃的海蜇竟然就是水母的一种，不免大吃一惊。

海蜇在大海里摇曳生姿，它的伞盖似蘑菇，直径可达半米，下面的八个口腕上，有数条丝状器。游动时，如江南的绸伞，如

海蜇

帝王出行的华盖，如玲珑的灯盏，如狮子的金毛，如彗星扫尾。流苏飘飘，美丽多姿。海蜇虽美丽，但毒液会蜇伤人，有一股"人若犯我，我必犯人"的狠劲儿。它有很强的再生能力，小海蜇的口腕切除后，一周即能再生。

海蜇晶莹剔透，身子轻薄而透明，古人认为它是水沫凝结而成，聂璜《海错图》记载了一种叫"金盏银台"的海蜇，说每年春夏之交的四月初八，天上落雨，大雨砸出的水泡，就会变成小水母，小水母过几个月，就会长大，晒干后薄脆而美，可食。

古人真是浪漫，在他们眼里，寒露时的鸟雀会变成蛤，北海的大鱼会变成大鹏鸟，能够翱翔万里逍遥游，蝙蝠能变成蛤，鱼能化成龙，水泡也会变成水母。海洋与天空，是互通的。

二

在古代，海蜇称为蛇，俗称鲊鱼，也有叫石镜、蒲鱼的。家乡称之为藏鱼。

海蜇是海洋无脊椎动物。在广阔无垠的大海中，与虾结为战略合作伙伴，借助虾来行动。故乡老话："藏鱼（海蜇）望虾做眼"，用来形容一个人无主见，凡事依赖人家。晋代张华《博物志》中有记："东海有物，状如凝血，众广数尺方圆，名曰鲊鱼，无头目所处，内无脏，众虾附之，随其东西，人煮食之。"

而自称憨先生、乖龙丈人的浙东人屠本畯见惯了海蜇，写得更是活灵活现，水母"不知避人，随其东西，以虾为目，无虾则浮沉不常。虾凭之，其泛水如飞，虾见人惊去，鲊亦随之而没。潮退，虾弃之于陆，故为人所获。"

在他们的描述中，东海里的这种水生动物，无头无眼无内脏，是水面上的泡沫凝结而成。因为无眼，不知避人，只能以虾为眼，靠虾来指挥行动，没有虾的话，只好无目的漂浮，虾遇人受惊，海蜇知道有敌情，赶紧沉到水底下。不得不赞叹憨先生对海洋生物细微的洞察力。在大海里，虾的确与海蜇共生，平时虾们在海蜇身体上自由活动，讨口吃的，一见情况不对，就钻到海蜇的口腕里面。海蜇感受到虾的刺激，知危险将近，伞部迅速收缩，迅速下沉，潜入深水。

不过，海蜇并不完全仰仗虾通风报信，它的身上有听石，在大海将要起波涛时，海浪与空气摩擦，发出咆哮声，海蜇敏感的神经感觉器能察觉到远处大海的异样。在巨浪袭来前，收缩伞盖，下沉逃跑，只是它身子轻飘飘，有时无法抵挡命运的惊涛骇浪，只能随波逐流，无问西东。

在风平浪静的黎明或傍晚，海蜇在茫茫的大海上漂浮，像一把花伞，一张一合，一收一缩，伞沿的花边和伞下的璎珞，长长地垂挂下来，如海妖的长发，在海中飘洒，风情万种。夜幕降临时，它悄无声息地沉到海面之下。

每年清明前后到夏至，新生的小海蜇漂浮在海面上，密密麻麻，如满天星斗，从福建一路漂流到浙南沿海，到了七月，进入浙东台州沿海。几个月时间，它从小不点儿长成伞径两尺、重达十几斤的成年海蜇，从梅雨季体嫩个小的霉蜇，长成肉厚个大的伏蜇。

过去，一到梅雨季，家乡的洋面上到处可见海蜇，老家渔民说，"四月初八满江红"。夏至至秋分，是海蜇的旺发时期，从披山、大陈直到三门湾，一顶顶美丽的花伞在海面上漂浮，满眼都是。清代乡人诗云，"泊遍秋江海蜇船"，说秋分时海蜇旺发，商贩云集，家乡的海面上到处都是捕海蜇的船。渔民用稻草结网张捕，也有用标枪状的竹竿戳捕，海蜇被戳中后，无法下沉，束手就擒。

早些年，家乡海蜇多，尤其到了夏秋台风季，海面上刮大风，海滩上就会吹来许多海蜇，脸盆大小，密密麻麻，布满海滩，多到根本来不及捕捞。搁浅在海滩上的海蜇，再也回不去它的故乡。有几次，吹上岸的海蜇太多了，来不及腌晒，在太阳底下，迅速化成一汪汪的水，整个海滩腥臭扑鼻，鱼虾逃遁。清代辽东湾海蜇旺发，海蜇糊满渔网，海水变色发臭，渔民齐集跪磕，向海神递状子"告海蜇"。被吹上岸的海蜇是无辜的，就好像芸芸众生，被时代的大潮所裹挟，饱受命运浮沉的悲欢，却无力挣扎。

现在海蜇少见，跟野生黄鱼一样，再也形不成鱼汛，来了便是贵客。

三

都说女人是水做的骨肉，其实，海蜇才是真正水做的骨肉。老话道，"海蜇水做，老酒糯米做"。家乡还有谚语，"海蜇水多，阎王鬼多"。阎王与鬼，我没见过，但海蜇多水，我是知道的。海蜇全身95%都是水，水母这名字，名副其实。海滩上的海蜇，如果不及时捡拾，毒日头一晒，就化为一摊腥臭的水，只有一点固体留在一汪水中。两三天后，一张张深褐色的薄片贴在地上，如皱纸，踩到它的手柄上，会发出爆裂声，好像气球被踩碎的声音。

渔民们捕到海蜇，得赶紧用明矾及粗盐腌渍，如是者三，即三矾，毒素随矾盐水排尽，缩如羊胃。老家渔民道："海蜇不上矾，只好掼沙滩。"海蜇肥大甚重，如果不用明矾和海盐及时浸制、腌渍，就会脱水，脱水后，蛋白质凝固。风干的海蜇像牛皮，嚼不动，咬不烂，不堪食用，只好弃之沙滩。家乡老话，"藏鱼（海蜇）头颈矾勿瘪"，海蜇的头颈很难用明矾腌瘪，腌后依然保持块状。意谓一个人屡教不改，家乡话中，"矾"还有训斥之意。还有一句话是，"六月蜇，矾勿瘪"，农历六月捕捞而来的海蜇，就算用明矾腌渍也瘪不下来，用来形容一个人的顽固，不听劝。

家乡的海蜇负有盛名，从前还是贡品。台风来临前，是海蜇最肥嫩的时候，听老渔民说，过去海边多海蜇，一到台风季，海面时不时会漂来几只海蜇，锅盖大小，用钩子拖上岸，在它身上捅个洞，穿上绳，找根木棍抬回家，当下酒好菜。

海蜇如酒，越陈越好，质感爽脆，最好的海蜇是三矾海蜇。鲜艳发亮的，多半是新海蜇，潮湿柔嫩，味道差远了。

夏天时，东海岸人家的凉菜，一定有凉拌海蜇。蜇皮盐渍后，半透明，成为胶质物，色泽淡黄光亮，松脆爽口，咬时格格作响，姜蒜香醋的调味，更能衬出它的爽鲜。做凉拌海蜇，要反复搓洗。当姑娘时，我十指不沾阳春水，从不下厨。结婚后，第一次下厨，做凉拌海蜇。菜场上买来的腌渍海蜇，放水龙头下冲洗过几遍，就拿去切了海蜇丝，一吃，死咸，根本没法下嘴！原来海蜇要反复浸泡，反复搓洗，一直到尝不出咸味为止，才可以加调料凉拌。

海蜇与韭菜清炒，叫海蜇云耳。海蜇性子随和，腌渍后拌莴苣笋丝、萝卜丝、姜丝、苦瓜丝，皆清凉有味。凉拌海蜇，最宜蘸虾虮酱，味道极其鲜美，清鲜脆嫩，十分爽口。咀嚼时有"嘎吱嘎吱"的声音，仿佛大海涛声响在唇齿间，用来佐酒最妙，古人说得诗意："酒边尝此味，牙颊响秋风。"又诗云，"水母脆鸣牙"，海蜇爽脆，咀嚼时的脆响，的确让人愉快。

浙东有歇后语，"老婆婆吃海蜇——一声不响"，老人上了年纪，牙口不好，无法痛快地咬嚼海蜇丝，只能用牙床慢慢磨，所以听不到咬海蜇时爽脆的声音。我大妈今年99岁，她70多岁时，曾经跟我感叹，上了年纪，蟹脚钳咬不动了，海蜇皮嚼不动了，核桃咬不动了，你们趁现在牙口好，想吃什么赶紧吃，别到了七老八十，一大堆好吃的东西摆在面前，想吃却吃不动。以至我现在每次吃海蜇，都把海蜇咬得嘎吱响，以证明自己还年轻。

温州有姜香海蜇血，是当地的名菜。海蜇血不是海蜇身上的血，而是海蜇身上紫黑暗红的黏膜，初看如豆腐皮，入口更像是鱼皮，有沙沙的质感，软滑清爽，加上姜酒，配点萝卜丝或细芹菜，满口清爽滋味。味道比海参好多了。

　　我爱吃海蜇，还有一个原因是，它跟泥螺一样，下火，还能治劳损、积食、口渴苔黄。《归砚录》言："海蜇，妙药也。宣气化瘀，消痰行食而不伤正气。"清代温热病名家王孟英研制的雪羹汤，治热后伤阴，用的就是海蜇和荸荠。像我这般烈性的女子，火气大，时不时口腔溃疡牙龈肿痛，不免要吃些海蜇与泥螺。前些日子，熬夜上火，喉咙肿痛。老乡连丹波邀赴家宴，欣然而去，他太太一手好厨艺，亲自下厨，做了一桌东海海鲜，转盘一转，眼都看花，吃得满嘴乡愁。一碟泥螺，粒粒肥大；一碟海蜇，透明中泛着莹莹的光。泥螺和海蜇，都是去火好物，我一人吃了半碟。次日，嗓子就不疼了。

　　《武林旧事》载，南宋清河郡王张俊进奉宋高宗的下酒菜中，就有水母脍。水母脍就是凉拌海蜇。给皇帝进献的佳肴，不过是故乡海边人家最寻常的凉拌菜。

虎虎生威的岩头老虎

一

岩头老虎的名字相当霸气，让人想到林中的百兽之王。它的大名叫褐菖鲉，台州叫岩头虎、岩头老虎，宁波舟山一带叫虎头鱼，浙江别的地方，也有叫礁虎头鱼的。我儿子小名也叫老虎，儿子小时候，带他到海边玩，吃岩头老虎，他说了一句，老虎吃岩头老虎。这真是有意思的一句话。他现在读哲学，天天思考"我是谁""我从哪里来""要到哪里去"的人生终极问题，再也不会说这么幼稚而有趣的话了。童言无忌，人只有在童年，才有任性天真的权利。

岩头老虎，如岩石上的猛虎，石洞石沟、石缝石坎、水底下的暗礁，都是它的家。不管水深水浅，都得有石头，它才愿意安

褐菖鲉

家。这个红胖子，喜欢躲在岩礁下，将自己伪装成石头，故得诨名石头鱼、石头鲈、石狗公、石九公。这些名字，带着些许随意和亲昵，如同乡人给自家的娃起名"石蛋"。石头鱼，以居住环境而名，如日本人名中的松下、芭尾、山本、上野、田中。

岩头老虎虎头虎脑，看上去还有点龇牙咧嘴，它两眼之间深凹下去，体侧长着一堆尖锐的棱棘，分明就是个刺儿头，看样子就不好惹。它一身花斑，如天边一抹晚霞，肤色艳丽，身体两侧有多条不规则的暗色横纹，或橘红或暗褐或红褐，看上去像是个染发刺青的不良少年。因为长得与石斑鱼有几分相似，故又名小石斑。

二

岩头虎性情凶猛，小虾、小蟹这些甲壳类动物，小鱿鱼、小章鱼这些头足类动物，都是它的美食。它好吃懒动，并不挑食，没有美食时，海中微生物也可将就，甚至海蜈蚣、海蟑螂，也是它的盘中餐。它吃相凶猛，胃口奇好，吃得大腹便便，吃得脑满肠肥。平素里，宅在海底，伪装成一块平淡无奇的礁石，像个耐心的老渔翁，在石洞里守株待兔，一看见猎物靠近，闪电般出击，一把将猎物扯进洞里。

垂钓者摸透它的脾性，以小虾、小鱼、海蜈蚣、海蟑螂等作为钓饵，引它上钩。看到有好吃的，它便奋不顾身扑上去。这厮蠢笨，哪怕用鱼形的假饵引诱，它也会上当。一张馋嘴，害了卿卿性命。

我钓到过岩头虎，那是我第一次垂钓，在大陈岛，以拉嘘虾作钓饵，鱼线刚一放下，就感觉被咬住，带着兴奋，一把拉上来，哈哈，真的是一条岩头虎！初钓就能钓到岩头老虎，并非我手段高明，实在是岩头老虎太贪吃了。身边那些老手，用假饵逗钓岩头虎，不一会儿，就钓上一条，再钓，又是一条！菜场鱼摊上的岩头虎，十之一二嘴里都还塞着假饵，贪吃送命啊。

每年夏秋季，成群的岩头虎到海滩边以及礁石间产卵，岩头虎属卵胎型，一生出来就是仔鱼，每次能产一二万尾，成活率相比于卵生的要高好多。这个时候，更容易垂钓。别的鱼不容易钓到，钓一些岩头虎，也可以长长士气。用钓友间的行话就是，拉拉手感刷老虎去。

岩头老虎的大名很有学究气，叫褐菖鲉。鲉类大多是毒鱼，岩头老虎身上的刺也有毒，如果不留意踩了它，它就会毫不客气地反击，背上的一排尖刺，像针一样扎入脚掌，让人痛不欲生。有一种生活在珊瑚礁边上的石头鱼，叫玫瑰毒鲉，如蛇蝎美人，色彩艳丽，却有剧毒，发射出的毒液，让人很快中毒，并在剧烈的疼痛中死去。

三

岩头老虎有江湖气，是行走江湖的蛮汉。过去岩头老虎不值钱，个头小，刺又多，现在一斤也要上百元，身价比带鱼、鲳鱼都要高。江边大排档上，它有很高的点击率，喜洋洋的赤色，鱼肉鲜甜而浓厚，皮厚而有胶质，细腻肥嫩，口感极佳，可以水煮、红烧，可以酱汁，可以清蒸，可以葱油、椒盐，可以与豆腐清炖，可以烧鱼片粥，经得起百样折腾。台湾海峡、韩国一带的海域，岩头老虎很多，个头也大一些，大陈岛的岩头虎个头小，这片海域咸淡冲融，岩头虎的肉质格外鲜甜。

闽南一带，相信岩头老虎能清凉下火，不知这地方的人，身

上究竟有多少火气，夏天喝凉茶祛火不够，还要吃岩头虎败火。他们把岩头虎清炖，甚至与苦瓜同炖，略苦的口感，吃下去，仿佛体内的熊熊大火立马就被扑灭了。

几年前，为了写《浙江有意思》，先生陪我去舟山采风，《舟山日报》的来其副总编盛情接待，他和太太一路陪同，各种讲解。他请我在沈家门吹海风吃海鲜，其中有一道就是椒盐虎头鱼，在油锅中炸得噼啪作响，端上来后，撒上椒盐，外面香酥可口，鱼肉鲜嫩无比。那一晚，我们四人喝了不少酒，说了不少话，那个初夏的傍晚，是神仙般的快活。

杜望吃螠蟑

一

慧玲在朋友圈发了一张图，说是周末在金大田试炸了紫藤花。我问她，好吃吗？她说，巨好吃！紫藤炒鸡蛋是松脆的口感，炸天妇罗是甜甜的花香，还可以做饼试试。

跟她一比，我倒是显得俗了。她吃紫藤炒鸡蛋时，我正在三门海边对付一条杜望。

杜望，在我们那里，又称为涂鳗，它还有个名字叫月边鱼，清代浙东学者倪象占在《蓬山清话》说："杜望，如弹涂而肥大，长四五寸，名月边鱼，鳃旁有白痕如初月也。"

涂鳗不是鳗鱼，大名中华乌塘鳢，头宽嘴阔，前圆后扁，看上去粗粗短短，圆圆滚滚。它名字中虽有个鳗字，但不像鳗

乌塘鳢

鱼那般修长，最明显的特征是尾巴上有蓝斑白圈的大眼，如孔雀开屏时羽毛上的眼状斑，又好像苦学生熬夜过多的大黑眼圈。浙东渔民称之为"筷子头印"，这是杜望身上的胎记，是别的鱼所没有的。旧志中也说它"背黄黑腹白，身有斑点，尾有眼如孔雀翎"。尾巴长眼，可以用来迷惑对手，让对手误把尾巴当成头部。

　　杜望常年安家在硬质滩涂的石滩草丛、堤岸塘坝、礁岩水氹中，天冷时，这厮钻入涂泥中避寒。过去，杜望在东海岸常见，不过叫法各有不同，浙东甬台一带因其身上有一种如鳗鱼般的黏液，滑不溜秋，又跟鳗鱼一样喜欢躲在石缝泥洞中，称之为涂鳗、杜望，即滩涂上的鳗鱼。它个头不大，黑不溜秋，一般二三两重，最大的，也只有斤把重。

　　杜望有很多表亲，有生活在咸水的，也有生活在淡水的。生活在淡水的表亲，就是著名的菜花塘鳢鱼。

二

杜望还有个彪悍的名字，叫鲟虎、蜻蛑虎。青蟹，古称蜻蛑。《酉阳杂俎》说："蜻蛑，大者长尺余，两螯至强，八月能与虎斗，虎不如。"说蜻蛑八月能与虎斗，跟它一比，岩头老虎成了银样镴枪头。蜻蛑是厉害角色，是蟹中最生猛者，没想到它的天敌，竟然是不起眼的杜望。是谓一物降一物。

杜望吃小鱼小虾，但它最喜欢吃的是蟹，滩涂上的沙蟹、蟛蜞、红钳蟹，是它的家常便饭，就连能与虎斗的青蟹，也成了它的盘中餐。小青蟹，杜望从后背咬碎背壳，活吃生吞。蜻蛑脱壳，壳软肉嫩，全身软如绵，杜望最是喜欢，见了软壳蜻蛑，扑上去，"啊呜"便是一口，一口一口吃掉它的肉，还要霸占它的洞。

聂璜在《海错图》中，也记录了鲟虎鱼（杜望）吃蟹的过程：鲟虎鱼常常在滩涂石洞中寻找蜻蛑，一旦发现猎物，鲟虎鱼便会用有"眼"的尾巴为诱饵，引诱蜻蛑钳住尾巴，然后拼命甩尾，拗断蜻蛑螯足。蜻蛑失了防身利器，鲟虎鱼趁机冲入蟹洞，从断足处吸吮蟹肉，直到吸光全部蟹肉。聂璜在《海错图》中，对此啧啧称道："尔状不威，尔力未强，乃以虎名，以柔制刚。"高度赞扬鲟虎鱼小小身板，不畏强敌，敢打硬战的精神。

三

三门湾过去杜望很多。三门湾海水盐度适中，微生物富集度位居全国海域前列，是小海鲜的天堂。咸水的杜望生活在滩涂上，即地貌学上所称的"潮间带"。海水来时，滩涂被水淹没，退潮时，露出一大片滩涂。滩涂泥质柔软，浮游生物丰富，泥螺、香螺、蛏子、青蟹、花蚶、沙蒜、望潮、弹涂、杜望、泥鱼等生活其间，自得其乐。海潮一退，海边人打着赤脚，在滩涂上捞海苔、挖泥螺、抓青蟹、钓杜望，称之为讨小海。一个"讨"字，带着讨海人对大海的恭敬和谦卑。退潮时几个小时的忙碌，就有不小的收获。

三门人称杜望为"皇帝鱼"，因为它肉质细腻，量少难抓，也因为它敢吃蝤蛑的霸气。对付杜望，一是挖，二是钓，三是闷，还有就是戽。杜望藏身于滩涂的泥洞中，平素吃小鱼小虾小蟹，退潮后，在滩涂上放风。它生性凶猛狡诈，藏身之处极深，有时在滩涂上要挖出半米深坑，才能见到本尊。海边人知其嘴馋，在洞口以红钳蟹或沙蟹诱捕，或者用鱼钩钩上活虾，在洞口垂钓。杜望狡猾，吞吃饵料后，常潜回洞穴不出。海边人跟它斗智斗勇，往洞里塞入泥巴闷杜望。杜望在洞里闷得受不了，会用力往外爬，从泥里钻出个小脑袋，舒舒服服地透气晒太阳。这个时候，拿着竹篓去捡便是。同学老郎从前经常讨小海，有闷杜望的光荣历史。他

婦虎魚見綠色形如土附細鱗而澗口
常騎海巖石隙間或有石婦蟶藏於其內
則以尾鬐撥石隙其尾此
魚鳴力捉蟶脫其鰲鬢之復至其陳文
以尾探婦蟶尚有一鰲升伸而粘其尾
仍如前捉脫其鰲抽出青之蚤此魚之
尾甚薄婦蟶難剝所損無幾枰而落去
脫然無恙後游至石隱不以尾而用
脊害之蟳無所恃但出涎沫作郛粟狀
魚乃以口吱鋒折傷處全身之肉盡為
吮去未幾婦覽而魚已飽矣漁人每見
奇兩送之入京未信網中所得婦虎魚
其尾性住製破不全益足輸也常聞蟳
牛至弱也而能制蜈蚣先以逆隱其
足令婦虎欲食婦火先以逆隱其
也凡人之技藝力提胃學而物類之質
盡自天泉莊于口以細蛛蜡蟲之類而
布網轉凡不求之于工匠則萬物各一
能也信然矣

婦虎魚賛
甬獄不威菌力未強
乃以虎名之柰割剛

说，闷杜望别的不难，关键在于对泥质的把握，太稠，小家伙的头钻不出泥巴；太稀，去拣的时候它会"嗞溜"钻回洞里。

滩涂与礁岩相接处，有小水塘，对付水塘中的杜望，适合用戽。所谓的"戽"，就是用戽水工具将塘水往外泼出，戽干戽尽后，剩下杜望和各种小鱼在浅水处扑腾，再去抓取就容易多了。

杜望能吃蝤蛑，显得强悍无比，故东海岸有"一鱼抵三鸡"的说法，意谓滋补力强，吃一条杜望的功效赛过吃三只鸡。在我们那里，凡是凶悍的、生命力顽强的鱼类，如黑鱼、杜望、斧头鱼、岩头老虎之类，都会被打上"补身"的标签。而那些看上去软弱好欺负的鱼，如水潺、大头梅童、鳁鱼，则无此功效。将红枣与整条杜望同烹，据说能滋阴补血。

杜望可红烧，可清蒸，可煎炸，味道最好的是与雪菜同烧。雪菜与海鲜，是天作之合，雪菜激发鱼肉鲜味，夹带着微微的酸与咸，鲜味迸发，嫩滑无比，妙不可言。吃完肉身，还要吮骨吸脑髓，方才过瘾。杜望味若白露时节的鳗骊，富含胶质，肉质鲜美，不负小名中之"鳗"字。

现在滩涂上，杜望很少见到了，身价自然高了。前些日子回老家，海边朋友盛情款待，上了一桌海鲜，朋友让我多吃红烧杜望，说现在黄鱼、鲳鱼在杭州常能吃到，杜望很少见到。吃一口，也是慰乡愁。

红娘子与绿莺莺

一

　　《西厢记》家喻户晓，故事在丫鬟红娘、相府小姐崔莺莺与书生张生之间展开。俏皮可爱的红娘，在张生和崔莺莺之间穿针引线，崔莺莺给张生写了一首情诗："待月西厢下，迎风户半开。拂墙花影动，疑是玉人来。"让红娘送给张生。红娘识字不多，不解其意，以为是分手帖。张生一看就明白，这是约会帖，让他半夜过来，并为他留着门。待到月上柳梢头，张生兴冲冲翻墙而来，不巧崔母正在崔莺莺的房中，机灵的红娘把张生藏起来，瞒过夫人，等夫人走后，张生才得以和崔莺莺相会。

　　东海有两种鱼，叫红娘鱼和绿莺莺。这鱼名，让人想到《西厢记》里的小丫鬟红娘和小姐崔莺莺。鱼跟人一样，有出生、成

长、求爱、生子、老去，生命过程如人类，想必它们跟人类一样，亦有悲欢离合。

二

东海鱼族，大多是黑白片，红娘鱼和绿莺莺，是彩色片。

大海之中的红娘子不止一种，可组成红色娘子军。有一种大的红娘子，身长过尺，颌下长着两撇山羊胡子，简直就是铁娘子。它原名红羊子，叫着叫着，也成了红娘子，清代《噶玛兰厅志》记载道："红鱼有二种，大者满尺，俗呼红头鱼，泉州谓之捺润鱼；其二三寸许者，俗呼红鱼仔，泉州谓之红娘鱼。"还有种长尾滨鲷，也是一身红，小名叫红鸡仔，色彩艳红如鸡冠。另一种鱼叫真鲷，鳞片上有淡淡的胭脂红，它和淡水中的鲫鱼很像，只是鳞片淡粉色，看上去，比淡水鲫鱼多了几分风流婉转。

短鳍红娘鱼，是本文的主人公，通常称之为红娘鱼。这种红娘鱼体色红润，长得娇小美丽，纤细修长，它粉面含春，头部和体背部是胭脂红，如穿着红衣的新嫁娘，雍容华贵中自带风情，故乡渔谚道，"五月红鱼扮新娘"，说的就是它。因为头部深红，有"红运当头"的口彩，颇受青睐。红娘鱼又叫红绣鞋，因其头部略方，如古代女人的小脚。

红娘子栖息于泥沙底质海域，有两个胸鳍，胸鳍扩大时，犹

短鳍红娘鱼

如鸟类的翅膀，可以借助水流在海底滑行，它胸鳍的前面，还分化出三枚鸟爪一样的指状鳍条，借此可以在海底匍匐爬行。

初冬的时候，如果在菜场上见到身材丰腴、颜色鲜艳的红娘子，如冬日里的一股暖意，仿佛昭示着新一年生活的红火。红娘子有利水消肿、活血通乳的功效，红烧或清蒸，味鲜美，它肉质细嫩，拿来做刺身，味道甘甜。日本料理中，有红头鱼汤。

红娘子的诗情画意，都是文人雅士赋予的，在海洋专家眼里，红娘鱼是鲉形目鲂鮄科鱼族的通称，大海中有二十多种，而在"吃货"眼里，什么红娘子白娘子青娘子，唯一的区别就是好吃与否。

在古代，红鱼被神化成通人性的人鱼，东晋戴祚《甄异志》

红娘鱼

里记载了一个故事：有一个叫查道的官员奉命出使高丽，夜晚泊
舟于山前，见沙中困有一妇人，穿着红裳，袒露两臂，鬓发纷
乱，肘后微露红鬣（红色的鱼鳍）。查道命船工以篙扶她脱困，
严令不得加害。妇人脱困入水后，反复拜谢，依依不舍，消失于
水面中。船工好奇，说自己常年在海上，从未见过此鱼。查道
说，这是人鱼，还说此鱼能与人通奸，"水族人性也"。

三

红鱼中，有一种叫绿莺莺。绿莺莺也是鲂鲌科鱼族一员。

绿莺莺这名字好，有婉转的江南味，如草长莺飞，杂花生树的三月，林间传来一阵阵清脆的鸟鸣，元代有《天净沙》："莺莺燕燕春春，花花柳柳真真。事事风风韵韵。娇娇嫩嫩，停停当当人人。"传统文化历来用"莺"和"燕"比喻大好春光，以莺燕婉转形容女子的笑语嗓音。绿莺莺之名，让人联想到春天、美丽、风流。

绿莺莺的大名叫小眼绿鳍鱼，俗称绿翅鱼，它的小名还有绿姑、大头鱼、蜻蜓角等。绿莺莺穿一件新娘子的红嫁衣，全身红色，唯胸鳍和尾鳍是幽幽的翠色，平添了几分妖娆与可爱。《海错图》里，称它为"新妇鱼"，清代的《海错图》，描绘了300多种海洋生物，东海岸各种奇怪的海洋生物尽入其中，这本书是乾隆翻烂了的枕边书。聂璜说绿莺莺"翠袖红衫，朱颜不丑"。文字旖旎风流，好似形容刚出嫁的媳妇，故此鱼又有"新妇鱼"之称呼。因其长得娇俏可爱，穿着艳丽，聂璜把它当成龙王的儿媳妇，新妇鱼算是嫁入名门望族。从普通海鱼跃升为豪门命妇。

绿莺莺长相华贵，这种华贵不是富丽堂皇，而是清俊华美，宽大的绿色胸鳍，像翅膀一般，有花蝴蝶一样漂亮的花纹，当它张开"翅膀"，那带着斑点的艳绿色彩，让它看上去楚楚动人，

仿佛美女穿上绿色灯笼袖的红裙，伸出双手，高歌一曲《大海啊，我的故乡》。绿鳍鱼展翅时身姿妖娆，曼妙如歌剧中的蝴蝶夫人。

绿莺莺有不俗的穿着与品位，像绿莺莺这样有绿色胸鳍的红鱼，让人爱怜。绿莺莺跟红娘子一样，胸鳍下有三对指状鳍条，像芭蕾舞女一样，在海底，踮着脚尖优雅地走路。

淡花疏雨，春光渐褪，春夏之交的红娘子与绿莺莺，露面机会比平时要多。红娘子与绿莺莺高蛋白，低脂肪，肉质鲜嫩细腻，刺又少，拿来做刺身，有回味的甘甜。

小眼绿鳍鱼

红娘子与绿莺莺长相美丽，身价并不高，在东海岸，过去只要十来元一斤，快餐店时常可见，单位食堂也有。可炖吃、可清蒸、可红烧，最常见的，是用来炖豆腐，炖久了，汤像奶油一样乳白，鲜香扑鼻。两颊的蒜瓣肉，倒也鲜美。在敝乡，吃的人不多，倒不是怜香惜玉。用鑫港海鲜城谢庄主的话来说：我们这里好吃的大牌海鲜太多了，暂时还轮不上吃它们。

四

绿莺莺有相府千金崔莺莺一般的娇美。东海中，还有两种鱼，穿着青衣，鱼鳞蓝中泛绿，如披了一件青绿斗篷，像是青衣婢女。一种为青衣，又名妾鱼，一个妾字，说明了此鱼在古人眼中，身份卑微。

青衣鱼一身青衣，背鳍上有一两个大黑圈，如同胎记，它长着八颗龅牙，上下各四，粤港地区戏称它为"哨牙仔"，哨牙，即江浙所说的龅牙。它在水中游动时，常常两两相随，如随时听候主人差遣的两个小丫鬟。

还有一种鹦哥鱼，像是青衣鱼的姐妹，色彩比青衣鱼艳丽，身价则比青衣鱼低，清末台州秀才蔡骧《土物小识》有记，"色青绿，口曲而红，似鹦哥嘴"，它长着一张鹦鹉般的嘴巴，娇俏可爱，如整日叽叽喳喳说个不停的伶俐小丫鬟。

康熙乙亥福寧海人有得紅
魚者身全緋而翅尾翠邑其
首頂微方翅上有圓紋深綠
俊麗可愛此魚不恆見土人
說玩得圖以誌考異物志云
海上有一種紅桃魚全赤辭
為緋魚亦辭新婦魚忠此也

紅魚贊一名新婦魚
草裙紅衫
赤顏不醜
龍王之媳
龍子之婦

鹦哥鱼的口味与一般的鱼儿不同，它生活在海底珊瑚礁周围，喜食各种珊瑚。无法消化的珊瑚被排泄出来，形成沙石，成为它的藏身之所。在日本，鹦哥鱼叫色舞鲷，新鲜的鱼肉片成薄片，透着淡淡的粉红，肥厚鲜美，做成刺身，是料理店里的高档食材。

东海边的人对青衣鱼并未高看一眼，只重黄鱼。但青衣鱼在粤港地区身份尊贵，港人口中有四大鱼王，除了海红斑、老鼠斑、苏眉鱼，还有青衣鱼。青衣鱼最宜红烧，肉质鲜甜，有石斑鱼、河豚这般的胶质感，鲜美细腻、入口即化，港人极爱之。据说香港的青衣岛便是以此鱼命名。

香港作家叶灵凤在《香港方物志》一书中，也写到这两种青色的鱼："青衣的模样颇似鲤鱼，而且都是大条的。它们色泽很美丽，青绿而带翠蓝，我们可以随时在专售海鲜的酒家门前的玻璃养鱼柜里见到。另一种与青衣相似的鱼，叫红头钩嘴，色彩比青衣更美丽，俗名鹦哥鲤，价钱比青衣较廉。据说有些酒家时常用鹦哥鲤来冒充青衣，因为这两种鱼活的时候虽有点分别，但煮熟以后便不容易看得出了。"

可见，香港餐饮中，青衣鱼与鹦哥鱼是经常亮相的。纵然天生丽质，依旧逃脱不了为人鱼肉的命运。

剥皮鱼，丑婆娘

一

红娘鱼和绿鳍鱼是大海里的美娇娘，剥皮鱼是个丑婆娘。

剥皮鱼身体青灰，鱼鳍蓝绿，如同穿了一件灰蓝色的皮质外套。皮肤粗糙如砂纸，摸上去是刺刺的手感。剥皮鱼小名叫绿鳍马面鲀，我们那里叫它马面鱼，也有叫它橡皮鱼的，别的地方，称它为猪油、面包鱼、皮匠鱼、皮匠刀。皮匠鱼、皮匠刀这两个诨名倒是恰如其分。

在潮汕，剥皮鱼的小名叫迪仔，听上去像是呼唤邻家的调皮小孩，潮汕人真是剥皮鱼的知己。潮汕是美食圣地，在厚道的潮汕人眼里，每一条鱼都是可爱的，比如河豚，他们竟然称之为"乖鱼"，我实在想象不出这个肝脏、生殖腺甚至血液都含有毒素

剥皮鱼

的老毒物，何乖之有？潮汕人把赤眼鳟唤作"赤目"，把蓝圆鲹叫成"巴浪"，至于蛏子，他们称为"指甲螳"，他们把大黄鱼亲切地叫成"黄花"，好像在叫一个黄花大闺女。更搞笑的是，他们把多齿蛇鲻叫作那哥鱼，恨不得跟它称兄道弟。我觉得每一个潮汕人的内心，都住着一个天真的孩子。

家乡有渔谣："剥皮鱼，丑婆娘，剥去皮是个美娇娘。"要说这个丑婆娘，长得的确丑怪，全身无鳞，吊着张长脸，身上一根鳍棘，又长又粗，还带着倒钩，一副不好惹的样子。当一条剥皮鱼在你面前欲推还就，你硬着心肠撕扯开它的皮大衣，你会惊讶地发现，丑婆娘脱了外衣后，竟是那般光滑雪白，如刚出浴的美人，实实在在是一个美娇娘。

剥皮鱼虽丑，不过大海里还有比它更丑的家伙，长得跟魔鬼一样的蛙鱼；下颌长着大獠牙的尖牙鱼；下颌松松垮垮地连在头部的吞鳗；鼻涕一样，一天到晚哭丧着脸的水滴鱼；等等，个个都是不好惹的混世魔王。

二

剥皮鱼是外海底层鱼类，它的越冬场常有变动。20世纪70年代，它跑到温台和鱼山东南部海域越冬，一至三月，在大陈、披山形成鱼汛。来者都是客，自此，敝乡的餐桌上，才有剥皮鱼。刚开始，老家渔民并不待见剥皮鱼，传言剥皮鱼身上有毒，吃了头会"昏昏动"（本地话，头晕）。那年头，东海大小黄鱼、带鱼、墨鱼、鲳鱼的潮汛轮番来，野生黄鱼也只有白菜价，谁有闲心不嫌麻烦吃丑怪的剥皮鱼。

剥了皮后，光滑雪白

东海剥皮鱼旺发时，家乡人常拿它来沤肥，把它放在石板坑里，在大太阳底下暴晒，晒成烂泥状的肥料，臭不可闻，引得成群苍蝇嗡嗡打转。沤的肥，农家用来肥田。把鱼肥埋在橘树柚树下，霜降时，满树黄金果。用来肥地，结出的瓜果又大又甜。近年来，剥皮鱼在东海也成了稀客，就连它幼小的堂兄弟黄鳍马面鲀也正在被扫荡。

跟剥皮鱼相处久了（吃多了剥皮鱼），再细细端详，发现剥皮鱼还真的算不上丑，只能说它长得有个性，长而椭圆的身材，马脸上一张凸出的小嘴，分明是个嘟着嘴爱撒娇的婆娘。要说菜场上，那些长得丑萌的海鲜，味道其实都不错。毕竟它在长相上，已低鱼一等，若没有内在的鲜美，恐怕会被人类永远打入冷宫。

到南方的菜场买鱼，鱼贩子见了你，春风满面，笑容跟接待上亿元的大客户一样灿烂。服务也万般周到，一块肉，会帮你片成肉片或肉丝，一只鸡，剁成大小均匀的鸡块，至于鱼，更是把它处理得干干净净，有鳞的刨鳞，有皮的剥皮，鱼贩子拿起一把剪刀，从剥皮鱼的鱼鳃中间，剪开一条长口，用手沿着鱼面，一把将整张鱼皮撕拉个精光，利索得就像个情场老手。剥了皮的鱼肉，如月光般皎洁。

三

剥皮鱼身材紧致，鱼肉不松垮，只是肉味较淡，需要加调料提味。划刀或切段，加黄酒、酱油、姜块、蒜瓣红烧，味道不错。香煎剥皮鱼味道也好，一块块雪白的鱼肉，煎得香喷喷，跟鳕鱼一样细嫩。酥炸也可，配上椒盐，很是入味。闽南人更会吃，他们用剥皮鱼炮制鱼粥。

剥皮鱼纤维长，耐咀嚼，做成烤鱼片和鱼松，鱼片金黄，鱼松蓬松如天上的云絮，是我爱吃的零食。

剥皮鱼有肥大的肝，脂肪丰厚，还可做鱼肝油。浙东台州的松门渔村，过去还有渔民熬制剥皮鱼油，与石灰相拌后，拿来修补渔船。出海的渔船每年都要修补，通常是桐油拌上石灰，来补船体裂缝，如果有小洞，还要加上麻丝填补。桐油价格高，有些投机取巧的人，就用鱼油替代。用鱼油拌石灰补过的船，腥臭得很，质量远不如桐油。此举在渔乡，被视为奸刁耍滑之举，后来就没人敢以剥皮鱼油冒充桐油了。

剥皮鱼的鱼皮粗糙，据说古人把它晒干后当砂纸用，用来磨研名贵木料。对此，我抱怀疑态度。楠木、花梨木，木质坚硬，鱼皮岂能磨研得动？如果真要用鱼皮，也应该是鲨鱼皮，比它大，也更粗糙。

剥皮鱼种类很多，长相大同小异。日本有一种剥皮鱼，叫皮剥，日本人把鲜美的生鱼肉切成鱼片，与家乡红烧剥皮鱼块的浓郁相比，别有清新之味。日本人还把剥皮鱼的鱼肝做成刺身，直接食用，甚至把鱼肝捣碎与酱油一起搅拌，制成肝酱油，蘸食生鱼片，鲜上加鲜。碰上一个太懂吃的民族，不知道是鱼族的幸，还是不幸？

海塘喂食(周凌翔 摄)

粉面含春斧头鱼

一

处暑那日，老林在七号码头做东，说好久没聚了，虽同在一个城市，一年却也见不到几面，禁渔已三月，只能吃点螺呀贝的吊吊胃口。趁着开渔，新鲜的海鲜上市，赶紧聚个会尝个鲜。

开渔节后，冷清了两三个月的码头海鲜市场，变得热闹无比，到了深夜，还是灯火通明，人声喧哗。行贩、接鲜人，一筐筐往外搬货。虽说八月的开渔只能算"小开渔"，一个半月后才是真正的"大开渔"，但吃货们禁欲久了，早已把持不住。各个海鲜排档，生猛海鲜轮番上场，大小黄鱼轮流坐庄，虾兵蟹将耀武扬威，花螺、辣螺、血蛤、花蚶、香螺、芝麻螺、豆瓣螺、生青壳、鸭饭蛤、海瓜子、藤壶这些小可爱，沦为匪兵甲匪兵乙之

银方头鱼

类的配角。

　　本地的海鲜饭店，都有一个海鲜池，还有一个开放式的巨大冰鲜柜，为的是让食客眼见为实。活鲜在水中活蹦乱跳，冰鲜玉体横陈，赤条条地躺在你面前，让你现挑现点。这是饭店的活字招牌，起了无声胜有声的作用：此地海鲜，无一不鲜。

　　海鲜上桌，大口喝酒，大口吃鱼，老家人性子豪爽，三四人一起喝酒，喝到兴起，一个电话，招来各自酒友，最后，三四人有可能扩大到一二十人，小桌换大桌，一桌换两桌，猜拳斗酒，干掉五六箱啤酒，是常有的事。江南温婉之下，也有豪爽快意。

　　为了助兴，斧头鱼少不了要跟虾兵蟹将一起，登桌亮相。

二

斧头鱼的名字，听上去像是海上黑帮，大条的斧头鱼，是斧头帮帮主。当年上海滩有一支腰别利斧的敢死队，就叫斧头帮。

斧头鱼粉面含春，一身桃花色，眼睛黑亮有神，额头方形，背部微微凸起，侧面看上去，像程咬金的三板斧，线条又如马鬃，有三分妖气，三分媚气，外加三分霸气。别地方称其为马头鱼，广东人称其为方头鱼，有些地方叫它瓦刀鱼，玉环人则把斧头鱼称为拿仑鱼，他们道："穿要穿绸纶，吃要吃拿仑"，以示对它鲜美肉身的推崇。我觉得斧头鱼这名字好，跟敝乡彪悍的气质相符。潮汕也有斧头鱼，不过他们那儿的斧头鱼其实是眼镜鱼，鱼身像一把杀猪刀。

斧头鱼的肤色，常见的有红白黄三种，白色斧头鱼最美味，但产量少，粉红斧头鱼最是常见，别看它长得粉面香腮，外表浅红带粉，它有一身密密匝匝的鱼鳞，仿佛穿了软猬甲，护它周身齐全，比起柔弱无骨的水潺、娇弱尊贵的大小黄鱼，它更皮实，也容易保鲜。

从前，斧头鱼身份卑微，上不了大台面。这十年间，斧头鱼修炼成精，从非主流到主流，从低端到高端，从便宜到昂贵，从原本的几元一斤，到现在的六七十元一斤，混得风生水起，让人不免生出"黄钟毁弃，瓦釜雷鸣"的感叹。

斧头鱼名字虽彪悍，但有一身嫩肉。性子也随和，不像鳓鱼是个刺儿头，它肉嫩刺少，全身只有一根主刺，对于那些性急又怕麻烦的吃货来说，可以大快朵颐，而不必担心鱼刺卡喉。

三

海鲜排档，斧头鱼是明星。红烧、清蒸、炖豆腐，十八般手艺，轮番上场。刚从海里打捞上来的斧头鱼，鱼鳃鲜红，鱼身硬实，怎么烧都鲜甜，只是口感各有千秋。

大斧头鱼宜烧豆腐，切些姜丝，砸些蒜瓣，在热油里爆香，调味去腥，鱼在油中略煎，加入豆腐，放在砂锅里，用小火炖得噗噗噗，待鱼汤浓白如牛奶，撒一把蒜叶和香菜，绿肥红瘦，春意盎然，并不喧宾夺主。鱼肉和豆腐滑溜鲜嫩。用筷子夹一块鱼肉，放入口中，来不及品咂，就化在舌尖。

红烧亦鲜美，鱼背划花刀，用细盐、料酒略腌，干煎定型，表皮香酥，内里依然鲜嫩，鱼肉鲜甜厚重，甘美与浓郁兼得。

三月春分，斧头鱼已鲜美，眼睛水汪汪，肉身粉嘟嘟。与春天最匹配的吃法，是茶香煎斧头鱼。这道菜与龙井虾仁一样，有江南的风流婉转。龙井茶水或云雾茶水加盐，腌渍鱼身半小时，春茶浅碧新嫩，茶香清雅，融入鱼身。放入油中，煎至金黄，肉质清甜，气味柔和。绿茶营造出的江南意境，很有时令感。边上茶几，香篆升腾起袅袅白烟，如入雨后春山。

日本人称斧头鱼为甘鲷，很有古意。因其鱼肉有甘甜之味，故名。日本人深爱甘鲷，视之为喜庆与吉祥。甘鲷之名虽然有个鲷字，但它跟黄鲷、红鲷、黑鲷并没有亲戚关系，它属于软棘鱼科，从体型上看，也不如真鲷纺锤形身材的高大肥壮。日本武士喜爱鲷鱼，认为鲷鱼长得威武华美，有铠甲武士的威仪。从这个角度讲，家乡称甘鲷为斧头鱼，也是捎带着对斧头帮的敬畏。

日本有甘鲷若狭烧，将甘鲷连同鱼鳞一起涂抹上酱汁，用盐腌渍后，再淋上日本清酒烧烤而成。鱼鳞微张，金黄酥脆，鱼肉雪白软嫩，带鳞烤制的这种料理，日本人称为立鳞烧或者松笠烧，单听这菜名，还以为是俳句。

日本还有樱叶糯米蒸甘鲷，用甘鲷鱼柳、糯米饭与春分时节的樱花烹制而成，这般诗意，只有叫甘鲷的鱼儿才能配得上。而家乡的斧头鱼，像个蛮汉，名字那般粗犷，似乎与红烧、火烤更搭，否则，一道美食叫樱叶糯米蒸斧头鱼，好比《水浒传》中的赤发鬼刘唐头戴一枝花，反差实在太大。

渔底渔夫鮟鱇鱼

一

鮟鱇鱼，长得真寒碜。

我吃过的鱼中，最丑的就是鮟鱇鱼了。若以貌取鱼，鮟鱇鱼绝对是丑八怪，它丑得就像《巴黎圣母院》中的敲钟人卡西莫多——眼睛鼓突，大嘴开裂，牙齿参差不齐，皮肤凹凸不平，跟癞蛤蟆一样，表皮有凸起的小疙瘩，人称海蛤蚆、蛤蟆鱼，有人索性叫它为魔鬼鱼。

鮟鱇鱼生长在深海之下，它在黑暗中孤寂长大，就像海底幽灵。幼时，它像小鱼泡泡一样漂浮在海面上，看上去软萌可爱，没想到，鱼大十八变，越变越难看，青春期时，额头上竟然长出长长的蠕虫般的鳍棘，像个丑怪的天线宝宝。它头顶上的"小灯

鮟鱇鱼

笼",在海底会发光,故鮟鱇鱼又被称作灯笼鱼。

鮟鱇鱼虽丑,但有自己的生存之道。它的胸鳍基部肌肉发达,近乎爬行动物的附肢,再借助尾鳍的摆动,可贴近海底慢慢行动,也可一跃而起或快速游动。它懂《孙子兵法》,用各种手段诱捕鱼儿。在水下,鮟鱇鱼像个不动声色的猎人,头顶上伸出一支纤细的钓竿,涉世不深的鱼儿,不知江湖险恶,被"钓竿"上的灯笼所吸引,快乐地向光明行进。见鱼儿靠近,鮟鱇鱼露出真面目,见佛杀佛,见魔杀魔,来一个吞一个。它"不要脸"的大嘴巴跟利齿组合,让鱼儿绝无逃脱的可能。鱼虾蟹一进嘴巴,就直接滑进了胃袋。整套动作一气呵成,干脆利落。鮟鱇鱼大嘴

吃四方，舟山人叫它海嘎巴吞天鱼。老家台州称鮟鱇鱼为吞天
鱼，还以"吞天鱼"指代那些贪得无厌的人。

鮟鱇鱼老谋深算，除了以头顶上的小灯笼来诱惑鱼类，还穿
了件迷彩服。这厮有变色龙的本领，把部分身体埋进沙石中，马
上就能变成跟周边环境一样的颜色，有很强的欺骗性。当鮟鱇鱼
遇上比它更凶猛的天敌时，这厮迅速把小灯笼塞回嘴里，在黑暗
中，一声不吭，躲进更幽深的地方。识时务者为俊杰，鮟鱇鱼深
谙此理。

二

鮟鱇鱼是个大家族，有近四百种，其中的深海角鮟鱇，是天
生的"软饭男"。

作为大海里的"矮矬穷"，雄性的角鮟鱇很难找到心心相印
的恋人，但它外表磕碜，内心强大，作为攀高枝的老手，它靠气
味找到个头比它大几十倍的婆娘。一见雌鱼，荷尔蒙爆棚，傍上
富婆后，它用牙齿扎入雌鱼的下方，这一扎，它的唇、舌、头就
与雌鱼的皮肤溶解连接，血管相通，合为一体。让人想起元代才
女管道升给夫婿赵孟頫写的那首《你侬词》——把一块泥，捻一
个你，塑一个我，我泥中有你，你泥中有我。

傍上富婆后，雄鱼就随着雌鱼一起游动，吃喝玩乐全仰仗雌

鱼。软饭没吃多久，雄鱼的肌肉、骨骼，便与情人合为一体，全身萎缩，只有性腺还挂在情人的肚皮上，成为雌鱼体侧一个不明显的小"丁丁"，以此帮助雌鮟鱇鱼完成传宗接代的鱼生大事。古人由此称它为"华脐"，亦称它为"老婆"。明代《山堂肆考》中有载："华脐鱼，一名老婆鱼，一名绥鱼，又有形如科斗（蝌蚪）。"南宋家乡志书《嘉定赤城志》亦有记，说它形如箬笠，有皺，可食，有个小名就叫老婆鱼。

　　不过，大海之中，吃软饭的鮟鱇鱼毕竟是少数，鮟鱇鱼大家族有四百多个成员，只有角鮟鱇亚目的少数种类，留下"软饭男"的坏名声。咱们东海的黄鮟鱇和黑鮟鱇就很有骨气，从不吃软饭，雌雄个头差不多大小，在爱情上也处于平等地位。

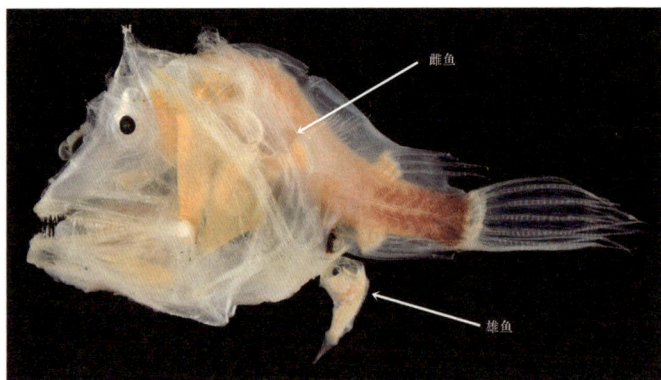

雌鱼

雄鱼

深海角鮟鱇

三

东海中，最常见的鮟鱇鱼就是黄鮟鱇和黑鮟鱇，黄鮟鱇发出的声音似老人咳嗽，被称为"老头鱼"。

过去，鮟鱇鱼上不了台面。鮟鱇鱼那么丑，长得怪异不说，还有一身如鼻涕般黏糊糊的黏液，看一眼就倒了胃口，谁会去吃它。那时东海鱼多，我们看色相吃鱼，要求鱼儿内外兼修，味美，还要长得漂亮。鮟鱇鱼因为丑怪，被当作肥料，沤烂了肥田。

从被嫌弃到被喜爱，也就十几年时间。自从知道鮟鱇鱼是血管清道夫，鱼肝能疏通血管，吃货们看它的眼神都变了，从鄙视到含情脉脉。那些视养生为王道的人，去菜场买鮟鱇鱼，专挑长得巨丑，身上黏滋巴拉的鮟鱇鱼。老手知道，鱼丑肝大，越是丑怪，肝越肥嫩。看来，美食世界里，美与丑也是相对的，比如螃蟹，一开始也道它凶狠丑陋，视之为鬼怪，把它挂在门口辟邪。如今，个个视螃蟹为人间至味。鮟鱇鱼，也是如此。

鮟鱇鱼外表丑怪，一身白肉却肥美，鱼肉、鱼鳔、卵巢及胃袋，皆可食，鱼肝尤肥。

鮟鱇鱼剁成大块，放滚水里汆一下，去除黏液和腥气，加葱姜蒜、料酒生抽，与豆腐同烹，味道不俗，与咸菜同炖，更是鲜美。鮟鱇鱼最好吃的部位，是它面颊上的肉，用家乡话来说，就是面颊鼓，饱满鲜甜。

鮟鱇鱼的鱼肉紧致结实，犹如龙虾，日本人把它片成刺身，鱼肉肥白，鲜美少刺，可作河豚刺身的替代品。日本人深爱鮟鱇鱼，对它的鲜美称道不已，日本关东一带，有"西有河豚，东有鮟鱇"之说。日本人喜欢吃最早上市的"初物"，即时令鲜货，在日本，鮟鱇鱼有"初物七十五日"的说法，日本人认为吃到最新上市的鮟鱇鱼，可续命75天。

鮟鱇鱼肥大的鱼肝跟河豚的白子，被吃货视为无上妙品。在日本，鮟鱇鱼的鱼肝跟剥皮鱼的鱼肝，往往以刺身形式呈现，外缘浅褐，中间一点红，柔滑软嫩，肥美细腻，入口即化，味美如法国鹅肝。日本人把鮟鱇鱼从上到下从里到外研究了个透彻，每一个器官，物尽其吃。

上个月回老家，天寒地冻，朋友请吃火锅，说给我接风。桌上各种食材，茼蒿、冬笋、鱼丸、虾仁、羊肉，还有两盘切成薄片的雪白鮟鱇鱼和鱼肝。汤底噗噗翻滚着沸腾着，薄薄的鮟鱇鱼片一下锅，卷起来就像一朵花。迅速挟起，放入花生酱中一蘸，滑嫩鲜美，尤其鱼肝，肥嫩细腻。鮟鱇鱼丑怪，却美味，就像赵传歌中所唱："每一个晚上，在梦的旷野，我是骄傲的巨人……我很丑，可是我很温柔。"

朋友说，橘同吉，鱼同余，岁末吃鮟鱇鱼，也意味着安安康康，年年有余。众人说着吉祥语的时候，全然忘了深海中鮟鱇鱼的怪异长相和曾经对它的鄙视。这仿佛是一种隐喻，象征吃货的心，像海底针一般深不可测。

海中刺客黄呼鱼

一

乡谚道，"脚箩配扁担，相公配小旦"，意谓般配。在家乡，海鲜也有各种配法，比如萝卜丝配带鱼，梅干菜配河鳗，雪菜配黄鱼，菜瘪配黄呼。黄呼就是赤魟，浙地俗称黄鲼鱼。

相比个性温和、富丽堂皇的大小黄鱼，虽然黄呼鱼的名字也有个"黄"字，但它身材又宽又扁，活脱脱一个土肥扁，有的地方叫它蒲扇鱼，还有的地方称它为黄貂鱼、黄夫鱼，浙东舟山称之为黄虎、黄甫，台州称之为黄呼。实际上，黄呼正确的写法是黄鲼，《临海水土异物志》中有记："赤魟，俗名黄鲼者。魟，亦称'鲼鱼'。鳐类，体平扁，呈圆形、斜方形或菱形，尾细长，常呈鞭状，一般具有尾刺，有毒。"这个画像，十分精准。浙东

叫黄呼鱼的，有赤
魟，也有黄魟，前
者颜色偏暗，后者
颜色偏黄。

　　黄呼鱼色黄无
鳞，古人说它状如
大槲叶。在我眼
里，它更像小时候
放过的瓦片风筝。
把黄呼鱼翻个身，
你会发现它那玉白
色的腹部边缘，镶
了一两寸宽的赤
红、赤黄或黄色的
裙边，如清代女子
服装上的滚条和镶
边，有几分考究。

黄呼鱼

黄呼鱼的尾部细长如鞭，好像清人脑后拖着的"猪尾巴"。

　　黄呼鱼是海洋遗老，资格很老，有三亿多年。在我们这里，
没有人满怀敬意地叫它一声魟老，都随口叫成黄呼鱼、呼鱼，好
像在外混得风生水起的某局长、某处长，回到家乡，老乡们叫他

狗蛋、土根。家乡俚语，"黄呼黄咿咿，青呼青叽叽"，呼鱼这名字，好像是一条呼之即来挥之则去的鱼。

二

黄呼鱼是鳐鱼大家族的成员。广义的鳐鱼是扁体软骨鱼类的统称。扁体软骨鱼家族庞大，成员众多，有六百来种，包括鳐、魟、鲼。狭义的鳐鱼仅指鳐及电鳐、锯鳐。这些扁平的家伙，跟鲨类是近亲，在亿万年前，生活习性跟鲨鱼差不多，为了生存，它们藏身在海底沙地里，慢慢进化成现在这般扁叽叽的模样。

关于鳐、魟、鲼，传说很多，有些接近于志怪。

鳐鱼的双鳍发达如翼，游动时，尾鳍快速摆动，兴奋时，跃出水面，胸鳍张开，拍翼滑翔，可达百米以上，远看如鸟在飞翔，东海南海都有鳐鱼，"有鳐鱼长八尺，不言能飞"——这种鱼一言不合，拍拍翅膀就会跃出海面飞翔。《吕氏春秋》说它"常从西海夜飞游于东海"。古人浪漫，相信雀入大水为蛤、草籽落水变为鱼、腐草会化为萤火虫、水潦是水沫化成的，黄雀鱼农历八月会化为黄雀、十月入海变成鱼，四月初八下大雨时，雨点砸在海上，会变成小水母。而水母则会化为海鸥。

不止鳐鱼会飞，东海的鲼鱼也会飞，《临海水土异物志》道："鲼鱼，如圆盘，口在腹下，尾端有毒。"相比鳐鱼，鲼鱼体型更大，像是巨大的蝙蝠，粗看头上像长了两只角，尾巴则细如绳子。渔民告诉我，蝠鲼兴致高时，会跃出海面，御风而行，或旋转跳跃，或在空中翻滚，像体操运动员在炫技。尽兴之后，"砰"地落水，声响如炮，掀起巨大水花。这厮调皮起来，会浪击长空，或故意拍打小船，或把肉角挂在锚上，拖船而走。每年夏至前后，蝠鲼洄游到闽浙沿海，两个月后，它游到黄海，等到秋深，又游回东海岸。老家海边曾捕获过一条八米宽、一吨重的蝠鲼，天啊，简直就是巨无霸。

还有就是魟鱼，黄呼鱼就是魟鱼的一种。魟鱼的另一个名字，叫鲛，现在说到鲛，就是指鲨鱼，其实鲛最初指的是大海中的魟鱼。魟鱼家族有鲸魟、锦魟、黄魟、鲛魟、斑魟等。《嘉定赤城志》道："最大曰鲸魟，次曰锦魟，又次曰黄魟。"《异鱼图赞》中记："鱼曰黄魟（音烘）。"这就解释了黄呼鱼小名的来源。

除了鲸魟、锦魟、黄魟，还有青魟。清代《土物小识》道，"腹下三口者名黄貂鱼，味美。色青黑而小，味劣"，色青黑的那种，就是青魟，味道不好，过去老家渔民常以盐渍之。青魟又叫地青，《赤城志》说它："尾有刺，甚长，逢物则拨之。毒能中人。"它跟黄呼鱼是同一种秉性。

魟鱼大家族中，锦魟长得十分出挑，是个美人坯子，背上有织锦般的黄色斑纹。魟鱼皮宽而大，身上有密密麻麻的小珍珠状的"鱼鳞"，看上去有种低调的奢华，人称珍珠鱼皮。古人拿魟

鱼皮做成皮革，以装饰利刃，晋代郭璞说："皮有珠文而坚，尾长三四尺，末有毒，螫人，皮可饰刀剑口，口错治材角，今临海郡亦有之。"冷兵器时代，鱼皮常用来装饰刀柄。《新唐书·地理志五》也记："台州临海郡……土贡金漆、乳柑、干姜、甲香、蛟革、飞生鸟。"自唐代起，浙东台州就向朝廷进贡蛟革。蛟通"鲛"。蛟革就是鲛鱼皮。唐以前，通常把魟鱼称为鲛，当时进贡的，应为魟鱼皮。一直到今天，日本人还把魟鱼皮称为鲛皮。除了临海郡，当时的永嘉郡、漳浦郡、潮阳郡，也向朝廷进贡"鲛鱼皮"。魟鱼有一百多种，能当成皮革使用的，只有寥寥几种。

鲛鱼皮做的刀鞘，华丽富贵，过去多为王公贵族所拥有。西安窦皦墓出土的唐刀实物，就有鲛鱼皮痕迹。日本奈良正仓院中，收藏着一把唐制大刀，是当年遣唐使从大唐带出去的。日本人称之为"金银细装唐大刀"，是日本的国宝，刀柄以排珠魟鱼皮装饰，刀鞘髹黑漆，有飞云、走兽、花卉、唐草等纹饰，刀鞘上镶嵌着各色珠宝。无情的刀剑配上华美的饰物，仿佛不是杀人的利刃，而是可供把玩的艺术品。

我家里也收藏着一把日本明治时的兵器，叫十手，刀把上镶着糙粒魟（沙粒魟）的鱼皮，珍珠般粒粒凸起，是托天台收藏家陈宏从日本找来的。

十手

三

黄呼鱼通常生活在海水中，但它也是河口半咸水域的常客。黄呼鱼血气方刚，性子躁烈，人若惹毛了它，它必蜇人，人被蜇中后，会发寒热，引起剧烈肿痛甚至中毒而死。因为黄呼鱼的这种德性，老家方言中，以"呼鱼刺"喻手段毒辣之人。不要小看这暗器，一旦被刺，足以致命，当年澳大利亚的野生动物学家史蒂夫·欧文，就是被黄呼鱼的尾刺刺中胸部，不治而亡。曾有高中同学到海滩游玩，被黄呼鱼的毒刺刺中，吓得面如土色，急送医院去毒。

在海中，黄呼鱼宛若一张游动的肉饼，尾部的毒刺是它们的

黄紅色黃其味甚美青紅之所不及也尾亦有刺螫人最毒海
人所謂黃紅尾上針正指此也外方人以為黃峰尾上針誤矣
黃紅魚
普陀南岸蓮花有洋
經滿岸葉到處飄黃

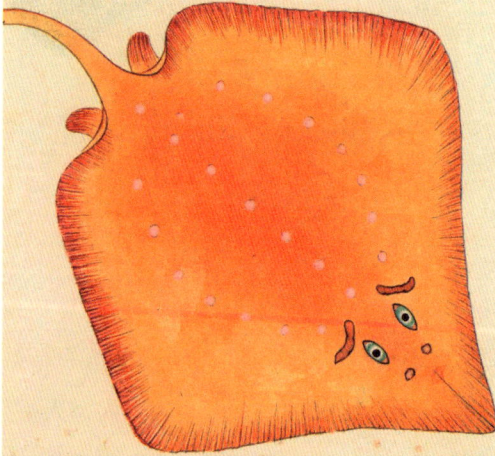

防身利器。黄呼鱼身上的毒针，像冷兵器时代的暗器——暴雨梨花针，或是藏于笛子中的暗器吹矢，杀人于无形之中。《海错图》作者聂璜曾道：把黄呼鱼的鱼刺扎到树上，哪怕是俩人合抱的大松柏，朝钉夕萎。渔人捕到黄呼鱼后，赶紧用菜刀把它的尾巴剁巴剁巴扔一边去。

黄呼鱼动作迟钝，栖于海底，喜欢把自己的身子浅埋在海沙中，眼睛和喷水孔朝天，嘴巴贴着地。别看它身子扁平，一副蠢相，它的一张大嘴能吃小鱼，也能吃蟹、虾等甲壳动物。它的嘴位于头部腹面下，牙齿像碓臼一样，能磨碎坚硬的甲壳。

黄呼鱼能长到半米到一米，大黄呼鱼简直像家乡晒鱼干用的那种大号竹匾。家乡老话说，"一代大媳妇，三代大子孙"，大个的妈，生的子孙个头也大。黄呼鱼是卵胎生，春天交配后，夏天懒洋洋地躺在海里的沙中养胎、孵化宝宝，到了秋天，生下几个大胖小子，一出生，就有巴掌那么大，甚至大过脸盆。小黄呼鱼长大后，就成了刺客。

四

李时珍也写到黄呼鱼，说："大者围七八尺，无足无鳞，背青腹白，口在腹下，目在额上，尾长有节，螫人甚毒。皮色肉味俱同鲇鱼。肉内皆骨，节节联比，脆软可食。"李时珍说黄呼鱼

肉味道跟鲇鱼差不多，身上软骨，胶质丰富，口感脆软。

鳐鱼、鲼鱼、虹鱼，皆腥臭，它们身上天然带有氨水味，讲得通俗点，就是尿骚味。有人初尝黄呼鱼，会被氨水味激得打几个响鼻。鱼死后，时间越长，尿骚味越浓。闽南人谓之为"咸湿"，闽南人认为这种鱼是色鱼，色眯眯的，作风不好。唐代本草学家陈藏器说到它时，也带着很大的情绪，"候人尿处钉之，令人阴肿痛，拔去乃愈"。说东海的这种鱼，尾部有刺，可以刺人致死。它专门等人在尿尿时下刺，令人下体肿痛，要拔了刺才能好。我估计这是陈藏器的臆想，就因为它们身上有尿骚味，就断定它"涉黄"，喜欢在人家尿尿时，甩出毒针，刺人下体。

黄呼鱼在菜场上不多见，万济池菜场有一摊，几只黄呼鱼，老早拔了毒刺，等待着顾客挑选。挑选黄呼鱼，要挑选鱼眼明亮、肚皮纹理清晰的，这样的鱼，才够新鲜。爱吃软骨的，专挑裙边一块。黄呼鱼最妙的，就是它的甲边皆软骨，骨如竹节，味如甲鱼裙边，胶质丰厚紧实，口感鲜糯。

黄呼鱼买回家后，先用冷水浸泡，其间要换水数次，烧之前，还要用沸水浇烫，以除异味。

浙地对付黄呼鱼，多用焖炖，如蒜蓉烧黄呼鱼和红焖黄呼鱼。黄呼鱼肉质坚实，红烧容易入味。黄呼鱼与豆腐同烧，加姜蒜椒等各种调料，烧好后，再撒一把碧绿香菜，炖出的豆腐，鲜香无比，味道胜于鱼肉。宁波人喜欢把黄呼鱼切块，与白菜帮子一起做羹，加入食醋，香中带着微酸，十分开胃。

嘉兴人把黄呼鱼称为虹扁鱼。农历五月，黄呼鱼肥鲜，毛豆初上市，虹扁鱼烧毛豆子，是嘉兴人的时令菜。毛豆荚剥出青碧豆粒，圆润饱满，先蒸半熟，黄呼鱼切成块，油煸后，加黄酒、冰糖，再加入毛豆同烧，肥腴鲜嫩，过酒顶好。一粒毛豆可以下一口酒。吃不完的，放冰箱冻成鱼冻，用筷子头挑着吃。

台州人不太看得上黄呼鱼，嫌它"薄而不美"，黄呼鱼通常用来烧菜瘪。笋菜叶、榨菜叶焯过盐水，晾晒、蒸煮后，颜色黄褐色，称之为菜扁，或菜瘪，有点像绍杭的梅干菜，不过颜色不像梅干菜那般黑红深沉，味道也比梅干菜那种扑鼻的壅蕴之气要清淡。焖烧后，干巴巴的菜瘪，变得鲜香软烂，我觉得，味道比黄呼鱼要好。

辑三

虾兵蟹将

青蟹煮酒论英雄

一

秋分一到，空气中少了燥热，清冽中还带着一丝甜香，天上的云朵也不似夏日般厚重，变得轻盈，地上的花朵，依旧由着性子开，先是一树一树的桂花，再是一丛一丛的菊花。秋天是我最爱的季节，橘柚由绿变黄，青蟹也一日肥过一日。

青蟹在虾兵蟹将中，是当之无愧的威猛将军。青蟹，古称蝤蛑，大名锯缘青蟹，现改名为拟穴青蟹。蝤蛑，大蟹也。酋即头领，古人道："鱼之大而有力者称鳝，介之大而有力者称蝤。"蝤蛑，是蟹族中的大块头。

在老家，青蟹又称为蟟。卖青蟹，称之为卖蟟。"蟟"是虫中之虎，可见其彪悍与威猛。青蟹之中，还有一种身上带斑的，叫虎鲟，色如玛瑙，斗壳斑斓而狰狞，更加凶猛。唐朝段成式在《酉阳杂俎》道："蝤蛑，大者长尺余，两螯至强。八月，能与虎斗。虎不如。"说山中老虎都斗不过它。宋代李石、明代谢肇淛也说，蝤蛑的大螯是杀人的利器。

蝤蛑的大螯，我们称之为蟹钳，如老虎钳一般，手指一旦被蟹钳夹

青蟹

住，很难甩脱。被蟹钳钳断手指的事，在浙东沿海偶有发生。民国时，浙东温州有个倒霉的渔民，捉蟹时，被蟹钳生生钳断喉管，血溅三尺，当场丧生。这条新闻，曾经轰动一时，坐实了青蟹的杀人罪。

二

青蟹壮实，外壳青绿，如《水浒传》中的青面兽。色彩中，有一种就叫蟹壳青，因跟青蟹壳色类似，故名。瓷器中有蟹甲青釉，为古瓷妙品，色如碧玉，光彩中斑驳古雅。有一种骁勇善战的蟋蟀，也叫蟹壳青。在蒲松龄的笔下，蟹壳青战无不胜，连公鸡都是它的手下败将。一只蟹壳青蟋蟀，就威风八面，更别说青蟹本尊了。

浙东三门，因出产高品质青蟹而闻名。三门人的气质里，藏着他们走过的路、爱过的人、吃过的蟹。

当地对这位威猛将军另眼相看，给予极高的待遇，特地设立青蟹办，为它提供全方位的服务。三门青蟹，两只眼睛长在额头上，壳坚如盾，脚爪圆壮。最为人称道的是，作为海鲜，它竟然没有腥气，抓过青蟹的手，还有淡淡的清香。福建青蟹的味道也不错，只是腥味浓了些。两地青蟹相比，好比一个是带体香的佳人，一个是有狐臭的猛汉。

"六月六，蟹晒谷"，农历六月六，是伏天，故乡旧俗，要晒衣服，晒经书，吃漾糕，还要给狗洗浴。农历六月，青蟹已至青春期，虽然还没有完全成熟，但有青春期的躁动，好动异常。滩涂里、礁石缝中的青蟹，突柄怒目，耐不住酷热，从洞里钻出来，横着肥硕的身子，成群结队在滩涂上爬行，像旧时农民晒谷一样，满地都是。青蟹都是横着爬行，从不勇往直前，让人感到蟹生艰难。讨海人到滩涂上捉青蟹，一抓一个准儿。他们能靠海涂上拱起的淤泥、青蟹爬过留下的印迹，判定青蟹的藏身之处。为了诱捕青蟹，海边人用几块石头加泥土为蟹搭起简易房，当地人称"放蟹拎"，青蟹入住后，就可手到擒来。

海滩上，偶有跛脚的青蟹出现，那是青蟹群殴后的伤兵败将，家乡有老话："跛足蟛蟧现成洞""蹩脚蟛蜞吃现成货"，青蟹在沙地上要生存，必须要挖洞藏身，跛脚的青蟹因为伤了大螯，无法打洞，只好厚着脸皮找别的蟹洞来藏身，此谓吃现成货，用来讽刺那些不劳而获、坐享其成的人，也包含着慢人有慢人福的意思。

也有老谋深算的青蟹，深知平坦的滩涂容易失守，便藏身于阴凉潮湿的岩下礁缝之中，这些地方易守难攻，手伸不进，也够不着，如果讨海人没带家伙，它们的确能逃过一劫。但对付青蟹，讨海人自有法宝，他们用细长柄的铁弯钩钩蟹。

青蟹躲进洞里负隅顽抗，讨海人将长长的蟹钩伸入洞中，东敲西戳，将青蟹翻转身子，再不停戳其肚脐，肚脐眼是青蟹的软肋，几分钟后，青蟹力气耗尽，举白旗投降，被钩出洞外，束手就擒。

稻田里也可以捉到青蟹，台风时，青蟹会随大潮水涌入田里，风住水退，就可以到稻田里捉蟹了。

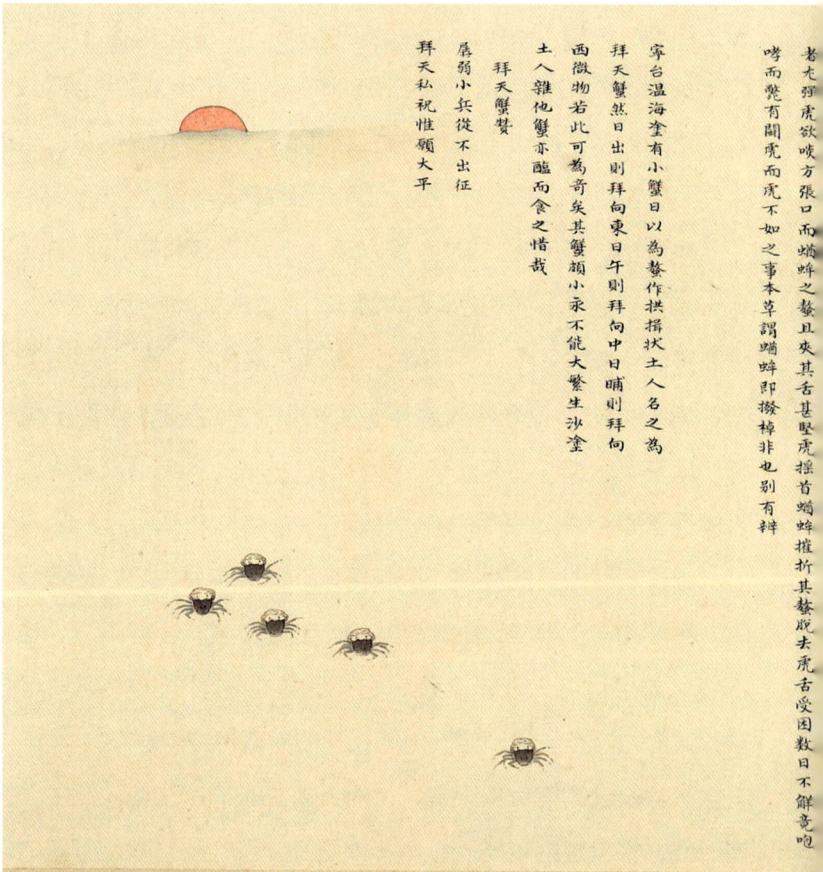

者尤弱虎欲啖方張口而蟛蜞之螯且夾其舌甚堅虎撼首蟛蜞推折其螯脫去虎舌受困數日不解竟咂

哮而斃有間虎而虎不如之事本草謂蟛蜞即撥棹非也別有辨

穿台溫海奎有小蟹日以為螯作拱揖狀土人名之為

拜天蟹然日出則拜向東日午則拜向中日晡則拜向

西微物若此可為奇矣其蟹顏小柔不能大蟹生沙堂

土人雜他蟹亦醃而食之惜哉

拜天蟹贊

屬弱小兵從不出征

拜天私祝惟願太平

蟹

昔呂亢譜蟹十二種以
蟳蚏居第一謂其形偏
僞乎惜其圖與說失傳
但存其名而已蟳蚏一
名蟳蝪閩人呼之為蟳
閩中四季俱食云宜人
然考字彙韻書無蟳字
即病夫產婦亦需之非
毛蟹比也宴客亦以之
佐餚浙東冬春始盛杭
之其色大赤以攜入雲
黃甲廉東贵產賈人乾
俗鮮有偶得珍之號曰
貴四川莫不驚異博玩
不已此蟹較他蟹獨大
殼廣而無斑螯圓而無
毛前四韻如戟後偏足
若桿蚌有二十四尖與
鯉之三十六鱗並付殊
形是以有闓虎之異然
闓小魚反能食之亦可

卷九

三

我最爱的是六月鲜甜的小青蟹，蟹膏嫩滑，味道清甜。端午过后，江南的梅雨消停了。从端午至大雪，每一次节气的变化，都会带来不同风味的青蟹。老道的吃货，从蟹壳的颜色，就能分辨出蟹之老幼肥瘦，他们的舌尖，能区分出不同时节蟹肉蟹膏的细微变化。

蟹解壳，故曰蟹。古人说，蟹的得名，与脱壳有关。《宋史》记载，北宋将领曹翰跟宋太祖征伐幽州时，士卒掘土得蟹以献，曹翰见之大喜，以为吉兆，说道，"蟹者解也"，预示胜券稳操。后，宋军果然班师。

青蟹随着潮水进洞脱壳，每脱一次壳，就长大一圈，脱壳似乎是它的成人礼。老家渔民说得生动，青蟹的肉身，随月盈虚，月晦则盈，月满则虚。依此说法，吃货在食蟹之前，还要抬头看一眼月亮盈亏。清代屈大均对此有解释："蟹一月一解，自十八以后月黑，蟹乘暗而取食，食至初二三而肥，肥则壳解。"农历十八之后，青蟹趁着月黑出来吃食，吃到农历初二三，身肥体壮，便脱去厚壳，"月皎时，蟹不敢出，则瘠矣。"——月圆之时，青蟹不敢出来取食，故身体消瘦。

青蟹脱掉厚厚的甲壳后，长出的一层蟹壳还很软，肉身更是软如肉团。这是它生命最脆弱的时候，称为软壳蟹。青蟹刚长出的软壳，是水溶性蛋白质，好像豆腐皮一样软糯，肉也松松的，里面有一汪鲜汁，用来炖酒，可以连壳咽下。六七小时后，软壳蟹的壳，会一点点开始变硬。三四天后，壳就有一两成硬，但经不住按压，如婴儿肥胖脸颊，摁下去会凹下一个坑，有些地方称之为"纸皮壳"。这种纸皮壳的青蟹，别看个头大，但功力全无，就是滩涂上的乌塘鳢，也敢乘虚与它交手，食其肉，占其洞。乌塘鳢不讲武德啊！

除了软壳蟹，重壳蟹炖酒，味道更佳。重壳蟹是有两层蟹壳的蟹，外面一层壳，薄而脆，里面的壳，柔软如豆皮，仿佛穿了一件褐色的褻衣。重壳蟹的脂膏十分肥厚，有"海中人参"之美誉，用来炖黄酒，肉质细腻鲜甜，脂膏肥美鲜嫩，红黄杂糅。

当地人说，最滋补的青蟹酒，是用鸳鸯蟹炖成的。鸳鸯蟹三字让人浮想联翩，其实就是雌雄交配的青蟹。公蟹与母蟹，彼此碰撞摩擦，难舍难分，此时雌蟹刚脱完最后一次壳，尚未硬化，也未发育成熟，甲壳软如纸张，蟹钳如得了小儿麻痹症一般，瘫软无力。而雄蟹依然是硬壳蛮汉，可以霸王硬上弓。交配后，雄蟹将精子留在雌蟹体内，等雌蟹发育后，排出体内受精卵，将受精卵"抱"于腹中，雌蟹的膏即卵原细胞。

趁着青蟹你侬我侬时，海边人过来"捉奸"，一捉就是俩。海边人把雄伏雌背的蟹称为"对蟹"，用来炖陈年花雕，再加冰糖、红糖、姜丝一同蒸制，鲜甜又鲜香。国人一向讲究以形补

形，据说喝了鸳鸯蟹炖的酒，能滋补阴阳，治虚补肾，固精健阳。

四

江南诸地，偏爱湖蟹，唯独敝乡，器重海蟹。

青蟹在不断地换壳中，渐渐成长为一名勇猛霸蛮的甲壳战士。

真正有实力的人，不需要千军万马，一个人站在那里，就是千军万马。青蟹也有这样的气势，八九月的青蟹，已到佳期，金爪、绯钳、青背、黄肚，有蟹将不怒而威的气度。

家乡把青蟹分肉蟥、膏蟥，膏蟥就是青膏蟹。立秋起，青蟹就肥壮，到了秋分，更是壮硕。等到白露节气，膏如石榴子，这个时候，它的诨名，就叫青膏蟹。

朔风吹来，北方的寒潮南下，青蟹开始蓄积更多的能量，身子变得更加丰腴，蟹肉带着一丝丝清甜。道行深的吃货知道，喝过西北风的青蟹，味更佳。这时的青蟹，又有了一个专有的名字，叫西风蟥，即西风青膏蟹，是尖货。

众人都道三门青蟹好，实际上金清青蟹也很出众。只是一向低调，知之者不多，但实力不容小觑。金清小海鲜众多，从端午起，肥美的小青蟹就上市，蟹味清甜，是老饕们的心头好。

晚稻收割之后，青蟹更加肥壮。壳大如盘，掀其盖壳，膏腻堆积，如琼浆珀玉，结团不散。隔水清蒸，膏红如胭脂块，汤汁鲜甜清香。吃完蟹肉蟹膏，剩下的汤汁用来烧碧绿丝瓜，清鲜无比。

米其林店新荣记有花雕酒蒸西风蟹、家烧小青蟹、土豆烧青蟹。新荣记所选用的，除了三门青蟹，还有临海一带的软壳蟹和金清的西风蟳。新荣记对食材一向讲究，凡是被新荣记选中的蟹，俱是蟹族中千里挑一的优等生。张勇告诉我，在同样的水域，养殖的青蟹胜过野生的，养殖的青蟹天天吃小鱼小虾，养尊处优，养得一身白肉肥膏，野生的四处讨生活，饱一顿饥一顿，形销膏少。

<h2 style="text-align:center">五</h2>

青蟹中，还有种黄油蟹，港人视之为蟹中极品。据说千只里面，才出二三。如后宫佳丽三千，成为人中之凤的，屈指可数。就算在蟹乡，有口福享受到的人也极少。

黄油蟹是膏肥肉嫩的母青蟹，阳光照耀后，体内积累的蟹黄，慢慢溶化，变成金黄色的油脂，油脂在体内各个部分渗透，如宣纸洇油。蒸熟后，雪白的蟹肉和金黄的油脂融合在一起，肉中有油，油中有肉，腹中那一团团胭脂红的膏脂，有特殊的鲜油

香，吃一口，蟹香绕唇三日。

北宋时，黄庭坚（鲁直）的诗文与苏东坡齐名，世称"苏黄"，苏东坡赞鲁直，说他的诗文："如蝤蛑、江珧柱，格韵高绝，盘飧尽废，然不可多食，多食则发风动气。"意思是，黄兄的诗文，同青蟹与江珧柱一样，品高味美，只是诗中不免讥评时事，使人动不平之气，所以不能多读。后人同样以肥蟹来赞《石头记》："一部大观园之文，皆若食肥蟹。"文若肥蟹，比字字珠玑，评价更高。

"青蟹掰掰，老酒咕咕。"是海边人的小确幸。青蟹炖酒，并非只有软壳蟹、重壳蟹、鸳鸯蟹，任何一只鲜活的横行介士，都可体验这般醉生梦死的蟹生。搪瓷碗中放一只青蟹，倒入花雕酒，酒以淹没蟹身为宜，加入姜丝、冰糖，放蒸笼中蒸煮。蟹入酒中，"咕嘟咕嘟"，先喝几口好酒，兀自醉倒。将蟹剁了，大螯拍碎，加上蟹盖，凑成原形继续清蒸。一时间，满屋子的酒香蟹香。

蒸熟后的青蟹，蟹壳红亮，如红袍登殿。此时黄酒，酒气已失大半，变得柔和甘爽。蟹肉带着酒香，酒中带着蟹味，蟹膏之鲜美与花雕酒之醇厚，在舌尖悄然交汇，美美与共，让人不知今夕何夕。

青蟹炖酒、青蟹炒糕、青蟹汤面、油盐焗小青蟹、家烧小青蟹、青蟹烧土豆、天妇罗软壳蟹、青蟹炒豆面、芙蓉蝤蛑、青蟹八宝饭，对待青蟹，老家人有十八般武艺。青蟹八宝饭在三门吃过一回，糯米雪白、玉米金黄、腊肉暗红、青蟹肥壮，蟹香饭香混杂着窗外送来的桂花香，让人觉得，人间值得。

宋代家乡有个叫郑瀛的吃货道，"桃花吹浪鳜鱼肥，红蓼翻飞蟹螯美"，春天的桃花红、鳜鱼肥，秋天的红蓼飞、蟹螯美，再来一盆花雕酒蒸西风蟟，兀的不美杀人也么哥！

捉蟹归来（葛敏　摄）

放蟹笼(章宏奖　摄)

白蟹秘史

一

禁渔三个月后，东海岸人民终于盼来了八月一日的小开渔，盼来了"三月不见，如隔三秋"的东海白蟹。

白蟹，两端尖尖，如一把织布梭子。它的两端如冷兵器时代的枪头。白蟹一身清冷的铠甲，如深秋守边关的将士，一副张牙舞爪的凶相，竖起来的眼睛，骨碌碌地转，用手指触一下，立马伏在眼眶里，一动不动，仿佛老谋深算之徒，静观其变。

梭子蟹有一二十个品种。在浙东，最常吃的是三眼蟹和三疣梭子蟹。三疣梭子蟹，背面的三个疣状隆起，是它的胎记。浙东台州人喜欢称之为白蟹。三眼蟹，又称三点蟹，大名叫红星梭子蟹，背上长有三只眼睛样的椭圆形斑块，这"三只眼"，让人想

171

梭子蟹

到神话中的二郎神杨戬，二郎神的第三只眼睛被称为"天眼"，是人是妖，一眼看穿。除了二郎神，神话中龙身人头的雷神也是三只眼，坦胸露腹，背插两翅，额具三目，脸赤如猴，左手执楔，右手执槌。看到三眼蟹，我总觉得此蟹功力非凡。

家乡漫长的海岸线，给了海洋生物自由遨游的广阔空间，也给了家乡人民靠海吃海的本钱。明代人文地理学家王士性，就自豪地说，家乡台州"海物错聚"，黄鱼汛来时，"鱼如山排列而至"。王士性还开玩笑地说，要说"杀生"，算闽浙一带最是厉害，各种海味吃个没完。陆地上的马、牛、羊、猪、狗、鸡这六畜，不管大小，每只最起码可供一人吃上几顿，但海里的虾兵蟹将，贝类鱼类，个头小，一吃就是几十上百只，长年累月这么吃下去，不知将断送多少海鲜性命。

每年五月一日，东海休渔期开始。海面上，没有渔船开动时的突突声，只有海浪拍岸单调的声音。足足三个月的禁渔期，对浙东沿海的吃货来说，是十足的禁欲期。带鱼、大小黄鱼、鲳鱼、墨鱼、梭子蟹，一夜间在菜场消失了。那些"无鲜勿落饭"的吃货，在漫漫长夜，默默地回想着大口吃蟹的美好时光，不禁黯然神伤，情到深处，不知不觉流出哈喇子，没有海鲜的日子，人间还值得吗？

禁渔期什么时候结束的，不知道，只知道某一日，成堆的虾兵蟹将、大小黄鱼、水潺带鱼又出现在菜场上。生活又重回满嘴鲜香的轨道，吃货说话时嘴巴里都带着一股霸气的海腥味。什么人间值不值，他们还想向大海再要五百年。

八月是吃货们的嘉年华。扑面而来的东海鲜味，大大提升了吃货的幸福感。八月一日小开渔后，东海第一鲜梭子蟹带着透骨新鲜强势回归，迎来了自己生命中的高光时刻，微信朋友圈里出镜最多的就是梭子蟹。禁欲了三个月的吃货，争抢着吃头网海鲜。开渔节的当晚，第一网海鲜就急送到码头。凌晨三点半的万济池菜场，一车肥壮的梭子蟹刚拉到，"轰"的一声，起早买鲜的行贩和吃货，一拥而上，你一堆我一箱，一下子就把梭子蟹抢光了。

鲜活白蟹吃多了，人生感悟也就出来了。老家的吃货，常拿白蟹说事，以"满肚黄膏"比喻那些能力出众、行事低调之人。以"燥白蟹"指代那些大大咧咧者。那些看起来厉害，实质没花头的银样镴枪头，被称为"死白蟹"。以"落镬白蟹"形容醉汉的面容。以"漏浜蟹"指代外表强健、内里空虚有病之人——白蟹因铠甲在外，即便干瘦少肉、内里变质，也难看出，故称。以"蟹血"形容子虚乌有之事。

二

台州的白蟹，自古出名，明朝时就是贡品。1368年，朱元璋登基，建立大明王朝，定都南京，称洪武元年。新政权建立后，改台州路为台州府。次年元月，台州的鲨鱼皮和鱼鳔，出现在皇宫的御膳厨。同年，台州的黄鱼、龙头鱼、鲻鱼、米鱼、银鱼、虾米、黄鲫鱼、海鲫鱼、鳗鱼、鲈鱼、泥螺、白蟹、水母线、螟蜅、蚶等优质海鲜，成为岁贡。

明代对海鲜的嗜好，显然已经超过了唐宋。唐朝，台州进贡的海货，只有两种：三十斤甲香螺、一百张鲛鱼皮。宋时除了进贡甲香螺和鲛鱼皮外，还有松门白鲞。到了明代，台州进贡的海鲜品种和数量，远远超过了前朝。《明太祖实录》记录了南京太庙每月荐新的食材，九月是"小红豆、柿、橙、蟹、鳊鱼"，都是江南时令鲜货。

海鲜在古代是奢侈品，最是寻常的海鲜，都能与山中最珍贵的食材并列，故有山珍海味之说。生活在内陆的平民，远离大海，可能一辈子都没见过海鲜。哪怕上流社会，吃到的海鲜也很有限。北宋沈括在《梦溪笔谈》中记载了亲历的一件事，有一次，学士们聚会翰林院，弄来一篮子蛤蜊，让厨人代烹。过了许久，蛤蜊还没上桌，学士们等得不耐烦，去厨房一看，蛤蜊已被油煎得焦黑。另一次，沈括到友人家做客，上了一条油煎鱼，竟然没有剖杀，鱼鳞鱼鳍皆在。主人挟起鱼，横着就啃，把沈括看呆了。

煮熟的梭子蟹

古人吃蟹，有据可查的是从西周开始。《周礼》中记载了蟹胥，即梭子蟹做成的蟹酱，进贡给周天子食用。之所以不直接进贡鲜活梭子蟹，大概是因为路途遥远，不易保存。

江浙作为吴越之地，从前海鲜亦不多见，江浙人好的是蛙这一口，唐尉迟枢《南楚新闻》道，"百越人好食虾蟆"，宋彭乘《墨客挥犀》道，"浙人喜食蛙"，宋范镇《东斋纪事》亦道，杭州人"好食虾蟆"。北宋《蟹谱》是关于蟹的专著，从品种到产地、从诗词到掌故，对蟹有详细介绍，里面也记载："初，杭俗嗜虾蟆而鄙食蟹。"可见，当时的越人爱食蛙，瞧不上螃蟹。不过，口味是会改变的，上流社会对蟹的喜爱，很快超过了蛙。

宋代几任皇帝都爱食蟹，宋徽宗赵佶昏庸无能，贪图享乐，不爱理朝政，却痴迷艺术。他喜欢画蟹，元灭宋后，元代高官马祖常写了一首诗《宋徽宗画蟹》，内有"秋橙黄后洞庭霜，郭索横行自有匡。十里女真鸣铁骑，宫中长昼画无肠"之句。诗中以"郭索横行"喻"女真铁骑"。"郭索"就是螃蟹的别名。金兵南下，国之将亡，宋徽宗却还在宫中没日没夜地画着无肠公子，充满了巨大的讽刺。

北宋灭亡后，南宋政权建立。南宋的第一任皇帝高宗继承了他爹宋徽宗的口味，喜欢吃蟹。第二任皇帝孝宗也爱食蟹，孝宗还曾因食多了螃蟹得了"冷痢"。

高宗南迁，定都临安。由于新皇城靠近东海，海鲜的运输变得比以往便利多了。马可·波罗回忆道，每天有大批海鲜运往皇城，供人食用。皇城有海鲜铺子，还出现了各种蟹食，如白蟹辣羹、炒蝤蟹、蟹酿橙、糟蟹、酒泼蟹、五味酒酱蟹、橙醋洗手蟹、糊齑蟹、蝤蛑签等，其中的蟹酿橙，出现在清河郡王张俊宴请高宗的宴席上，也出现在林洪《山家清供》的食单里。在讲究生活美学的南宋，蟹酿橙"使人有新酒、菊花、香橙、螃蟹之兴"，受到上流社会追捧。而白蟹辣羹，因其鲜辣入味，受到平民喜爱。最能体现食不厌精的，则是宋代的蝤蛑馄饨，剔出海蟹两螯白肉，以此为馅，其余弃之不用。

三

元代是草原民族统治的时代，对海鲜没什么兴趣。但是明朝对海鲜的喜欢，胜过唐宋。从唐到明，台州进贡的海产品从两种增加到十五种。明代时，台州白蟹跻身上流社会，跟十四种海鲜一起，成为岁贡。

白蟹从地阔海冥冥的台州府出发，启程送到一千里外的南京。保鲜是个大难题。千百年来，渔民下海，大多载盐出洋，捕到鱼鲜，就地腌渍成鱼鲞。到了南宋初年，出现冰鲜渔业。南宋江浙贡鲜，官方在"贡鲜之路"的大运河沿线城市设有许多冰窖，以利鲜船沿途换冰。这样保证各地进贡的鱼鲜，送到京城还

能有七八成鲜。但白蟹不比海鱼,死蟹味道大减不说,还容易吃坏肚子,搞不好,这是掉脑袋的事。

白蟹性子刚烈,出水后,手脚乱动,精气神足得很,但一旦离开海水半小时,就会死翘翘,鲜度大减,身价也大跌。直至20世纪70年代,鲜活梭子蟹的流通半径依然很小。即便海边人,也很难吃到活蟹。直到80年代,有了"冻眠"法术。梭子蟹一出水,用橡皮筋束住其双螯,放在冰水中,让它处于休眠状态。到达目的地,再放入常温海水中,白蟹悠悠醒来,如大梦初醒,最大程度保持了它的鲜活。这样,从东海捕捞上来的梭子蟹,在几千年后,终于大规模地活着爬上人们的餐桌。

在古代,获取新鲜的淡水蟹远比海水蟹容易,故淡水蟹之名头,远在海蟹之上。明末张岱、清时李渔都是著名吃货,明显偏爱淡水里的大闸蟹。近代京城名医施今墨,也有食蟹鄙视链,他将蟹分为六等,依次为湖蟹、江蟹、河蟹、溪蟹、沟蟹及海蟹。每等分为两级,如湖蟹以阳澄湖、嘉兴湖为一级,邵伯湖、高邮湖为二级;江蟹以芜湖为一级,九江为二级。施名医为螃蟹加官晋爵:一等湖蟹为特任官,二等为简任官,三等为荐任官,四等为委任官,五六等为芝麻绿豆官。他把海蟹列为最下等,说它们只配当个芝麻绿豆官。但在浙东沿海,白蟹的地位历来很高。浙东南甬台温一带,秋天可以不吃大闸蟹,但是万万不可少了梭子蟹。

明代台州白蟹成为贡品，若是腌渍成枪蟹，自然不在话下，但若要的是活蟹，那是件麻烦事。

运送白蟹跟运送荔枝一样，都是棘手活。当年从岭南至长安，千里送荔枝给杨贵妃，用的是竹筒保鲜法，新摘荔枝连枝带叶放入新砍下的竹筒内，密封住筒口，锁住水分。再快马加鞭，日夜兼程，送入大唐皇宫，才赢得美人一笑。

从台州府到南京城，山高水长，就算水陆兼程，冰块保鲜，亦不能保证白蟹鲜活送到。关于如何运送白蟹至京城，史料并无记载。据我猜测，用木屑保鲜的可能性很大。浙东沿海，过去以碎木屑保存白蟹，将白蟹埋入厚厚的木屑下，喷水保湿，碎木屑犹如海边的沙子，储存着足够的水分和空气。或者，将白蟹置于遮光的桶内，上盖毛巾，防止白蟹水分蒸发，隔日洒些水，以防白蟹脱水。如此，白蟹能数日不死。从海路运到长江口后，再急送到宫中。

明代万历年间，中过状元、任太子侍读的焦竑，对海蟹的滋味念念不忘，写道："樽前检点，海鲜君（螃蟹）是魁杰。"当年白蟹进贡到宫中，作为太子师，他自然能尝到一二。在一干海错中，焦竑独尊海蟹。这也证明，运到宫中的是活蟹。

古人食蟹不算，还把蟹当成特效药。《天中记》中说，"蟹漆相合成水"，蟹能使漆分解，变成水。蟹还能治漆疮。明代《食物本草》中记载了一个故事，有富室娶亲，新娘子身热不食，面

目肿胀焦紫，生命垂危，众人一筹莫展。请来名医来家里诊治，名医见新房内一应家具，金彩炫目，味道浓烈，立马判断新娘子是漆中毒，马上用生蟹、青黛同捣敷之，效果杠杠的，"立愈"。

螃蟹横行霸道的背后，原来还隐藏着这么多的秘密。

一生劳碌沙蟹命

一

　　吕亢是山东人，北宋进士，当过台州府临海县令，他担任临海主要领导期间，有过什么政绩，无从查考，不过，吕县长是蟹族知音，著有《蟹谱》一卷，自己写文字，找来画工画蟹图十二种。为什么要画这些劳什子呢？吕亢说了，这些蟹在临海太常见了，但是北方人很少见到，我得将它们分门别类画下来，好让北方人瞧瞧。他特地强调，这些蟹是他"亲见"的。他也听说过，有种虎蟹长着虎头斑，有种飞蟹长着翅膀能飞（实则是顺着风浪滑翔），有些蟹能捕鱼，有的蟹巨大，但因为他没亲眼见过，就没有收录进去。

　　十二种蟹中，打头的是蝤蛑，北宋名臣陶谷当年出使吴越，吴越国国王钱俶盛情款待，上的就是青蟹。陶谷问吴越国王蟹有哪几种？钱俶就来了个现场演示，从青蟹开始，依次端出十来种蟹，最后的一种，小如豆子，陶谷觉得有趣，笑道，真是一蟹不如一蟹。

第六种就是沙狗，即沙蟹，生活在潮间带的沙滩上，颜色灰褐，壳薄体轻，眼尖脚长，见人就钻入洞穴，吕县长引用《临海水土异物志》的说法，"似彭蜞，壤沙为穴，见人则走，曲折易道不可得"，沙蟹还有沙里钩、沙狗、沙虎、沙马等小名，都是因它的生活环境而名。

二

全世界的蟹有6000—8000种。沙蟹是芸芸众蟹中的一员。

东海辽阔的滩涂上，大潮退去之后，湿漉漉的泥沙地上，有无数的小海鲜，泥螺、跳鱼、蛤蜊……还有奇形怪状的各种沙蟹。

沙蟹有几十种，或方形，或圆形，或长方形，个头比蜘蛛大不了多少，在海边滩涂随处可见，数量多如沙粒，故名沙蟹。沙蟹繁殖力很强，抓走一批，没多久，后续部队又会出现。

比起青蟹、大花蟹、梭子蟹之类的蟹族大将，沙蟹是喽啰般的小角色，不引人注目。它们整日在滩涂上爬来爬去，好像从没闲下来的时候，家乡有俗话"沙蟹命"，言其劳碌。

在敝乡，沙蟹是被人嘲笑的对象。家乡谚语"沙蟹爬进盐堆"，沙蟹的命运很难逃脱被盐腌渍成沙蟹酱的命运，爬进盐堆，意思是自找苦吃。"沙蟹两头爬"，沙蟹一会儿向左爬，一会儿向右爬，用来指一个人立场不坚定，左右摇摆。而"天倒大江边，勿止沙蟹独条命"，意思是天塌下来的话，万物遭殃，肯定不止你沙蟹一条小命，有什么好担心的？"沙蟹捉便洞"，尽管略显贬义，但也说明沙蟹能把握时机。"沙蟹翻石板，连蟹膏也翻出"，比喻用力过猛，非但没有达到目标，反而造成巨大损失。"山头闷冲，沙蟹打洞"，意谓做事全外行。

沙蟹爬行的时候，毫无章法，一会儿东一会儿西，在地上留下潦草的痕迹，在家乡，一个人如果字写得潦草，人家就会笑他的字像"蟹爬"。

浙东还有句谚语，"一界服一界，泥螺服沙蟹"，有一物降一物的意思，因为泥螺总是受制于沙蟹，成为沙蟹的美餐。在家乡，有关沙蟹的俗语很多，颇有点微言大义。沙蟹不是人类命运的共同体，却成了人类命运的参照物。

三

临海望江门外，有很大一片滩涂，儿子小时候，我常带他捉

183

沙蟹，沙蟹是个小机灵鬼，白天很难被抓到。明明看见东一堆、西一撮的沙蟹在沙地上，密密麻麻，人一走近，沙蟹跑得比风还快，真是风一般的汉子。

沙蟹四下里逃窜，"嗖"地钻进洞中，转眼间销声匿迹，滩涂间变得静悄悄，只有风吹芦苇的沙沙声。沙蟹身手敏捷，是蟹族中的长跑健将，每秒速度可达五米，故它还有一个诨名，称沙马。

沙蟹善打洞，它们的洞穴如沙塔，略高于地面。沙蟹在芦苇丛中或滩涂中爬行，用螯足钳捕小鱼小虾的尸体，它们也食藻类。当大潮水来时，滩涂上的沙蟹，并不担心自己被大浪卷走，因为它早预知了一切，提早钻进洞里，并像高明的泥瓦匠一样，用滩涂上的淤泥封好了洞口，等到潮水过后，它从洞里钻出来，在滩涂上东游西逛，胜似闲庭信步。

洞是沙蟹的护身堡垒，在海滩上要想捉到沙蟹，就要知己知彼。海水落潮时，是挖洞捉蟹的好时机。乡人拿一根绳子塞入洞里，沙蟹见物即咬，这时可以慢慢把它拉上来，俗称"牵沙蟹"。除了牵沙蟹，还有钓沙蟹，用一根细长竹竿，一端系上小鱼，伸进洞口，像钓弹糊一样去钓，一钓一个准儿。

过去，江边滩涂上，常见捉沙蟹的人，夜幕降临，退了潮的沙滩，显出无边的苍茫，待到天色全暗，捉蟹人拿来探灯照沙蟹，沙蟹喜欢光明，见有光亮，纷纷从洞里钻出，越来越多，如同闹市赶集，一个晚上，可以抓满竹篓。

老话说："虾有虾路，蟹有蟹路。"哪怕最小的沙蟹，也有自己的生存之道。灵江边的沙蟹中，有一种小蟹，叫寄生蟹，古人称寄寓子，钻进螺壳里藏身，常负壳而行，等到身子大了，嫌与螺合租的单身公寓面积小，就会另找住处。

另一种黄豆大小的沙蟹，也藏身在贝壳里，软软的壳，针尖大小的眼睛。它叫豆蟹。还有一种鬼面蟹，俗称关老爷蟹，甲壳似鬼面，专用前足二对以行走，后足二对屈护背甲。

在沙滩上捡贝壳，有时会从壳里钻出一只小沙蟹。清代聂璜看到寄居蟹，坚信是海螺所化。他说得很认真："予客台瓯，目击海蛳实能化蟹；及客闽，又得见诸螺之无不能化蟹，故汇而图之，一白蛳、二青蛳、三铁蛳、四黄螺、五簪螺、六苏螺、七辣螺、八角螺，俱系目击，其中蟹自螺肉所化。"聂璜说自己客居台州、温州时，亲眼看见沙蟹从白蛳青蛳、黄螺辣螺壳里钻出来，他由此认定海蛳能化蟹。聂璜一口咬定是自己亲眼所见，绝非妄言。寄居蟹当然不是海蛳所化，沙蟹产卵于蛳螺中，等卵长成小沙蟹，自然会爬出壳来。这正应了一句话，你所见的，未必是真的。

閒嘗識偶有依憑物類於為照象異代遺流浸沿廣斥即雷
以推要當視此而況傳記百家言實有蚌中羅漢螺內仙姝
歷歷並傳神異者予則思而之為思而肖像如此其真不可
為無所托也將強緣而緣化黃熊黃能蚩尤而蚩尤為蟹也
奇可

蟛蜞江浙皆產微黑叢毛其狀醜惡不充庖廚食之
令人作嘔所以有雅不熟候遺羞養護前車已鑒
往哲此呂亢譜諸蟹獨位置蟛蜞於末賤之也思之
也非有所取也然閩廣蟛蜞又可食往醃沒以市
山卿南荒邊海物性變易又自如此可為瓲有雅者
作圖外註

蟛蜞贊

不譜有雅
候食蟛蜞
閩廣不然
物理之奇

鬼面蟹產浙閩海壺小而不大有而不多其形碓肯鬼面合
睞而監眥豐顧而隆準口若超領頸如隆髮前四足長而大
後四足短而細他蟹之臍全隱腹下故八號盡伏此蟹之臍
小半環背故四足搬露其行也挺脊壁立而腹不著地獨與
他蟹異疑為螺中化生故無卵而盛於夏秋閒也或稱閻王
蟹或稱孟良蟹或稱蚩尤蟹皆以面貌相像之此蟹呂元所
不及詳陶穀所未嘗食古人罕議及此蓋以蟹形鬼面絕無
如義存於其閒故置勿然甲胄之夢紀自宋書彭越之
名推於漢代又何鬼而一蟹之無閒至理乎苟不研窮其故
則觀茲異蟹終不能無疑焉著鬼面蟹辭
嘻異哉蟹蜀為乎有鬼面即曰無異也自三才分而物數號
萬肖象者多矣一果核也而太極含形一鳥一卵也而天地混
象陽寶也而乾道成男陰虛靈也而坤道成女本乎天者親上
而鳥羽如木葉本乎地者親下而獸毛如野草宇內人物無
不就太極陰陽五行分類以肖而蟹體尤全身其太極藝
其兩儀也八足其八卦也八月輪芒以應氣候胥十二星以
應地支直以龍馬之負圖神龜之出書比美又豈獨象搖
光亮符太白鯉合六六亀合九九始為物理之精微上通元
達哉若夫鬼面特幻奇容孚感宰無氣義未必非蚌中羅漢
螺內仙妹意有所屬形隨物寓可類觀也更以雷州之雷推

崎蟹產福寧州海岩於石隙閒作穴甚窄
隙欲捕者手不能入取之甚難而避之亦
深海人置鐵鑽戕死鈎出殼綠色甚螯而
煮之亦脆內有紅膏稱珍品焉冬多夏少

崎蟹贊
他蟹生擒
此之田橫
而以死拒
其志可取

鬼面蟹贊
蟹具面扈
莫蔞閻王
絕類蚩尤
浪比孟良

四

沙蟹虽小，味道不俗。对付沙蟹，最常见的是醉腌。用盐和黄酒腌渍，当下酒小菜。明王世贞道，"味远出诸海品之上"，清钱大昕说它"绝胜糖蟹与糟蛏"。

腌过的沙蟹清鲜，蟹肉口感像醉虾，蟹脚小，啃啃咬咬，只是图个咸味，图个咂摸的快感。家乡老话道，"蟹脚钳掰股"，意思是，蟹脚分得一只，比喻分摊获取利益。沙蟹脚钳掰一股，意味着再小的利益也要分到一丁半点。

沙蟹可捣成沙蟹酱，做成沙蟹汁。沙蟹汁是一种调料，在石臼中杵碎，加盐和少量白酒而成。《舌尖上的中国》第二季第六集《秘境》里，很是抬举它，称它是"亿万年秘境里酿造出的奇迹"。

嫌吃沙蟹麻烦，就把它裹进面粉里，油炸了吃，蟹壳酥脆，咬进嘴，咯吱作响，从前望江门边上，有油炸的摊子，专卖炸沙蟹。

夏天的傍晚，望江门边上的老住户，把桌子摆到露天里，一碗红落头（鹰爪虾），一碗炒螺蛳，一碗盐煮毛豆，一碗腌渍沙蟹或油炸沙蟹，可以干掉十几瓶啤酒。

蟛蜞有礼走天下

一

家乡滩涂中，有各种蟹，最大的是青蟹，最小的是豆蟹，最多的是沙蟹、蟛蜞之类。此外，还有很多无名小卒，它们卑微如草芥，淹没在东海的浪潮中。

蟛蜞，长得有点"方"，属方蟹科类。它有好多个诨名，其中一个就是抱泥蟹。蟛蜞的个头比沙蟹、红钳蟹大一些，背壳青褐，螯微赤，在泥地里乱走，不仔细看，还以为是滩涂上的泥球呢！晋朝崔豹说蟛蜞以土为食，其实，蟛蜞抱泥，并不食泥，它食的是泥中的腐殖质。

蟛蜞还有个有趣的名字，叫长卿。旧书记载，临邛县令王吉曾梦见一只蟛蜞，蟛蜞说自己明天要到城下亭子小住。王县令次

日派人到亭子一看，果然亭子里有才子司马相如（字长卿）。王吉预言，此人文章当横行一世。后来司马相如果然以文名盛于世，故世人称蟛蜞为长卿。还有种说法，说司马相如死后，妻子卓文君梦见蟛蜞，自称长卿，卓文君自此不食蟹。

南宋时，吕亢在千年台州府当县长，吕县长对府城的蟹发生了浓厚的兴趣，他写过临海的十二种蟹，第四种是蟛蜎，第十二

蟛蜞

种是蟛蜞。其实，浙东一带，并未把蟛蜞、蟛蜞分得那么灵清，这两蟹往往都被笼统称为蟛蜞。

吕县长说蟛蜞比蟛蜞大，蟛蜞螯足有细毛，步足无毛，府城人民腌渍后，拿到市场上卖，并以长卿称呼之。临海号称"千年台州府，满街文化人"，我在临海生活过十七年，从未听到府城人以长卿来称呼一只泥地里打滚的螃蟹。

五代宋初陶谷有《清异录》，是当时著名的美食读本，陶谷从江河湖海中，挑选出他心仪的四种蟹，给它们加官晋爵，封之为"爽国公"，这四种蟹是"一南宠，乃蠔；二甲藏用，乃蝤蛑；三解蕴中，乃蟹；四解微子，乃彭越。"前三种就是我们熟知的三疣梭子蟹、青蟹、大闸蟹，第四种就是彭越蟹。

彭越即蟛蜞，相传为纪念汉时忠士彭越而名。别名抱泥蟹、旁元蟹、嘟噜子、白玉蟹。在民间也有称它为磨蜞的，听上去，好像是一个磨磨叽叽的老夫子。宋《赤城志》云，"土人以其色青呼为青越"，在故乡，那种青色的彭越蟹，就叫青越。温州人则称之为青蚷。

二

别看蟛蜞整日在泥地里打滚，在古人眼里，它可是彬彬有礼的君子。行走时，两只大螯合抱，一步一叩首，如古人之作揖行礼，故又称为"相手"，更文绉绉的叫法，则是"礼云"，取自《论语》："礼云礼云，玉帛云乎哉。"一听就很有学问。我有个朋友，名字就叫礼云，还有一位朋友，叫未央，父母都是大学教授。称蟛蜞为礼云的人，一定有满肚子的学问。

蟛蜞的天地很大，从最北的辽东半岛，到最南的南沙群岛，都可以看到它的身影。真正是有礼走遍天下。

蟛蜞一身泥污，如一个邋里邋遢的野孩子。沙滩、泥涂、岩缝、田间，都是蟛蜞的广阔天地，它们常年居住在江河入海口咸淡水交汇处的岸滩、江边的泥涂、芦苇丛和稻田中。它喜欢钻铜，还喜欢搞破坏，夏天吃芦苇叶子，秋天常常爬到稻田里钳断稻叶吸取汁液，或吸食谷芽。过去江南蟹多，多到成灾，啃食谷物，以致颗粒无收。恨得农人牙痒，常驱赶鸭群来啄食。

蟛蜞很机灵，"嗖嗖嗖"爬行的速度很快，立冬时，它钻进洞里睡大觉。立春以后，它感觉到地气的温暖，出来活动。它个头虽小，但动作敏捷，一有风吹草动，好像长了飞毛腿，溜得飞快，浙南有谚语，"棺材下个蟛蜞，比鬼还灵唻"，说蟛蜞比鬼还要机灵。在海涂泥泞中，你明明看到它钻进洞里，用脚踩住洞口，它就是不出来，它在泥地里另有对头洞，这机灵鬼早就藏身到另一个洞里。

清代《南越笔记》记录得更是细致："春正二月，南风起，海中无雾，则公蟛蜞出。夏四五月，大禾既莳，则母蟛蜞出，其白者曰白蟛蜞……生毛者曰毛蟛蜞。"可见，公母蟛蜞是分批次出山的。

一冬的蛰伏后，早春的蟛蜞，肉鲜膏美，清代杭州城里还有卖蟛蜞的，清《晴川后蟹录》中有记载："杭城二月，街市叫卖腌彭越。或有卖活彭越者，人家买归，用油酱炒食，曰酱炒彭越，可以下酒。"清代杭州城里食蟛蜞已十分常见。

春夏秋三季，海边泥地、江边苇塘多蟛蜞，海边人捕捉后，专取两螯，当绝妙下酒物。蟛蜞的螯足摘除后，会重新长出来。现代作家施蛰存也写过故乡的蟛蜞，潮落后，泥滩上有累累小穴，渔家童子常去捉蟛蜞，捉到后，摘其两螯，身子则放回洞中，摘满一小篮，以荷叶盖之，入城叫卖，一下子就抢光了。蟛蜞体小螯大，"其肉粲然圆颗，如江珧柱，如田鸡腿。"

三

蟛蜞城府深，在洞里藏得极深。海边人捉蟹，各有套路，对付蟛蜞，可以用细长竹竿伸进洞口垂钓，也可用田里的丝茅草引诱，家乡海边，多用"蟛蜞蟹戳"——用一种二尺长、二指宽的竹片做成蟹戳，断其后路，将其捉住。

夏季天气闷热，蟛蜞常出洞纳凉，渔民提灯带桶来捉拿。蟛蜞虽机灵，但被强光一照，就呆若木鸡，束手就擒。蛮汉们嫌这

些套路麻烦，索性扛一把锄头，在滩涂上钯挖，直捣老巢。

《本草拾遗》说蟛蜞有小毒，"食（蟛蜞）肉能令人吐下至困"。《本草求原》则说蟛蜞可以催吐，解河豚之毒。蟛蜞在泥地里打滚，身上带了秽物，吃时不处理干净，很容易上吐下泻。东晋有一个叫蔡谟的重臣，就被蟛蜞坑苦了。蔡文姬的爸爸蔡邕写了著名的《劝学篇》，里面讲到螃蟹。蔡邕的后人蔡谟避乱南渡到江南，见了蟛蜞，大喜，这不就是老祖宗所讲的二螯八足的螃蟹吗？于是兴致勃勃让人煮了吃，结果上吐下泻，瘫软如泥。

蔡谟从中原移民到江南，中原极少有海鲜，当然吃不惯这货。前些年，海边城市举办采风活动，内地作家吃了生蟹、醉虾，上吐下泻，半夜急送医院打点滴，也时有发生。

四

江浙一带，蟛蜞有各种食法。元末明初陶宗仪在《南村辍耕录》中道："松江之上海，杭州之海宁人，皆喜食蟛蜞螯，名曰鹦哥嘴，以有极红者似之故也。"名曰鹦哥嘴的，应是蟛蜞中的红螯相手蟹。

蟛蜞醉腌为上。腌渍后，有一个风雅的名字，叫白玉蟹，因盐酒醉后，蟹蚶洁白温润，外观如玉石，内里鲜美异常，为下饭的上品。

浙东有道冷菜，叫醉美白玉，就是醉蟛蜞。先把蟛蜞在淡盐里养上半日，待其吐尽污物，再以白酒、姜片、盐水、白糖腌渍，白酒杀菌去腥，还能把它的鲜美激发出来。腌后。肉质清鲜细嫩，膏似凝脂，用来下饭，简直妙绝。古人云："彭越蟹虽小，盐酒醉之，异于常蟹。"说小小的蟛蜞用盐酒醉过，做出的醉蟹味道要比一般的蟹好。

福建长乐一带，也有醉腌蟛蜞，不过做法略有不同，他们用盐腌制，白酒醉泡，再添加红酒糟、白糖等辅料，腌制一周左右后，各种味道进入蟛蜞的肉身，味道是浓烈的鲜。

到了八月，蟛蜞体内的膏更多更肥，适合以盐和虾油生腌。腌后，膏黄是黑色的，故称"蟛蚎（蜞）清秀爪纤纤，八月乌胶满壳粘。"

蟛蜞也常被做成蟛蜞酱。蟛蜞洗净，捣成酱，加调料腌制，味道极咸。

别看蟛蜞是个小不点，在浙东南，却是吃货的宠儿。放在嘴里，慢慢咬嚼，味道绝不亚于声名远扬的湖蟹。白居易就道："乡味珍彭越，时鲜贵鹧鸪。"

蟛蜞美味，遗憾的是肉少。苏东坡曾先抑后扬评价孟郊诗，"初如食小鱼，所得不偿劳。又似煮彭越，竟日嚼空螯。"说孟郊诗，初看如吃小鱼，费咀嚼，刺多，所获不多，又似煮蟛蜞，嚼个半天也没吃到啥肉。然后话锋一转，一顿猛夸，说孟郊"诗从

蟛蜞贊

類書云蟛蜞一名蟛蟚又名蟛螖浙東呼
為青蟚凡近海之鄉皆有吾鄉錢塘海塗
冬春尤繁販夫醃浸呼擔于市漢書編溪
王酤彭越賜九江王布食蛾覺而哇于江
變為小蟹遂名蟛蜞誠然乎但謝豹化虫

杜宇化鳥牛哀化虎縣化黃熊又安知彭
越之不化為蟚也

蟛蜞贊

彭越幻蟹雄心未罷
意托橫行千變萬化

肺腑出，出辄愁肺腑。有如黄河鱼，出膏以自煮。"

蟛蜞豆腐，是春季妙馔。江阴人把蟛蜞做成蟛蜞豆腐。蟛蜞洗净，放在石臼中，捣成蟛蜞浆，用布过滤，取其汁水，加入一点蛋清，凝固成豆腐状的固体，据说鲜味爆棚。美食家沈宏非形容道，"外形似带风的团扇，质地如藏雨的云朵"，听上去很是诗意。

广东人脑洞更大，吃法更多，《南越笔记》里写到广东白蟛蜞的独特吃法："（白蟛蜞）以盐酒腌之，置荼蘼花朵其中，晒以烈日，有香扑鼻。"荼蘼是代表春逝的花朵，开到荼蘼花事了。没想到，至雅的它竟然能与村夫野老蟛蜞搭档。烈日晒后，竟然还有扑鼻香味。至于毛蟛蜞，广东人更是无日不食，如食园中蔬菜。"以毛蟛蜞入盐水中经两月，熬水为液，投以柑橘之皮，其味佳绝。"这回广东人不投荼蘼改投橘皮了。

广东人吃蟛蜞已成精，他们还用母蟛蜞身上的那一丁点的蟹籽，做成一道叫"礼云子"的菜。江湖上还有礼云子捞饭，几百只蟛蜞，才能得到几十克的籽。做这道菜费心费力，虽是极鲜之物，只有闲得发慌又好吃的人，才会在蟛蜞身上打这样的主意。

讨小海(周凌翔　摄)

棺材头蟹拜潮水

一

在古人眼里，蟹是赳赳武夫，披挂甲胄，高举一对嚣张大钳，如李逵的三板斧，古人称之为横行介士。《西游记》里第六十回，孙悟空变身海蟹，爬进龙宫，骗龙王道，他就是横行介士。

不管大蟹小蟹，都不安分，荀子说蟹"用心躁也"。西汉扬雄说，"蟹之郭索，后蚓黄泉"，说螃蟹一天到晚郭索郭索躁动不安，而蚯蚓在地底下默默地饮着黄泉，自此，螃蟹又有一个别名：郭索。

蟹族若以颜色区分，有青、白、红、斑等色。白帮的代表是白蟹，即梭子蟹，腹面灰白。青帮的代表是海中青蟹和湖中的大

清白招潮

闸蟹。红帮的代表是花红蟹和红钳蟹。花红蟹是蟹界花花公子，披一身红褐色及暗褐色的战袍，别的地方又称它为花市仔、火烧公。红钳蟹虽是红帮成员，但个头小，大小如一元硬币，站在壮实威猛、风流倜傥的红花蟹身旁，分明是一个小喽啰。

二

浙东温岭，称红钳蟹为"棺材头蟹"，台州椒黄路一带，也名其为"棺材蟹"。旧时棺材有红黑二色，红色为90岁以上寿终正寝的老人所用，红钳蟹的蟹钳艳红如红漆棺材，故名。别的

弧边招潮

蟹，两只螯都是一样大小，独雄性红钳蟹的两只螯，大小不一。那只大螯，大到甚至会超过身体，而另一只小螯却小多了。故老家又以"棺材头蟹"指代跛脚者，如同以虾皮指代小迷糊眼。

在故乡，红钳蟹，还被称为红脚蟭、红蟭。如果有人穿了一双红皮鞋，边上的人会开他玩笑，称他是红脚蟭。老家海边还有一句粗俗的俚语，"想个红蟭，脱滑出卵"，意思是为了蝇头小利，付出巨大代价，是件很不划算的事。

宋时《嘉定赤城志》把红钳蟹归入到蟛蜞之列，背壳青的称之为青越，螯足红的叫拥剑，或执火。起名执火，是因其螯赤，赤得如火。清代郭柏苍称它为赤脚。无论哪个小名，焦点都在它红赤的螯足上。

在《至正四明续志》里，红钳蟹多了一个"桀步"的名字，

"赤者名拥剑，一螯大一螯小。又名桀步，以大螯斗，小螯食物。"蟛蜞中的红螯相手蟹，双螯红赤，脚爪长满绒毛，应该就是古人说的拥剑、执火、桀步。古人掉书袋让人头晕，还是"红钳蟹"三字好，形象直白。

三

立秋日，我陪《海鲜英雄》摄制组在三门蛇蟠岛上的山前码头拍片，我起早去海边吹风，开阔的滩涂上，密密麻麻都是红钳蟹，好像从四面八方聚集过来开大会，滩涂中还有许多一蹦一跳的跳跳鱼。见我走近，红钳蟹和跳跳鱼"嗖"地溜进各自的洞里，沙滩上像是一下子推倒多米诺骨牌，一瞬间踪影全无。而当我转身离去，红钳蟹又调皮地钻出洞来，得意地四处溜达。

红钳蟹出身卑微，生活在潮间带，在滩涂烂泥地中出没，它喜欢苦咸的海滩。每逢涨潮，红钳蟹就会出洞，面向潮水，举螯如望，像是向潮水施礼，一次不落，故乡海边渔村称此举为拜潮水，故乡有歇后语，"棺材头蟹拜潮水——准时"。故红钳蟹又叫招潮蟹。也有称其为红旗蟹，它挥舞大螯，好像红旗招展。

除了红钳蟹，海边还有另一种盼望海潮的海鲜——望潮。在古人眼里，红钳蟹与望潮都是潮水的向导，是它们引来奔腾的潮水。

古人把招潮蟹的二螯当成是观察潮水进退的风向标，潮来时，二螯举而迎接，潮退时，蟹足折而相送。不仅如此，招潮蟹的体色还会随着昼夜和潮汐的节律发生变化，简直就是研究天文地理的样本。

预感到大浪快要打到，红钳蟹就从滩涂躲回到洞里。红钳蟹并非料事如神，只是因为世代生活在大海边，掌握了潮汐的规律，它的招潮纯属经验主义。招潮也并非浪漫之举，而是实用至上，它等待的不是浪奔浪涌，而是等待潮水把海里好吃的东西带到滩涂上。

潮水一退，红钳蟹赶紧爬出洞去寻找美食。下一次潮水快来时，它又赶紧躲回洞里。它的洞穴可达30厘米，洞底直达潮湿的泥土，狡兔三窟，红钳蟹城府也很深，有不止一个老巢。

红钳蟹眼眶宽大，有一对火柴头般突出的眼睛，滴溜溜地，眼柄很大，可以自如收放，这样它埋伏在洞中，便可以观知风云变幻。

觅食的时候，红钳蟹的两只眼睛高高竖起，好像瞭望的哨兵，警惕地观察着四周，一旦发现敌情，迅速撤离，"嗖"地钻进洞穴中。它溜得很快，渔民称它为"脚仙"——它快速移动时，远远看去，只见那通红如火的大螯，却不见其身子，颇有几分怪异。

擁劍其螫一巨一細巨者如橫刀之在身故曰擁劍
俗名遮蓋以大螫嘗殺睫甫也雌者兩螫皆小惟雄
者一巨一細耳呂元之譜次撥棹而先蟛蜞重武倫
歟四言之贊不足以盡更為之作傳

郭汾陽後有佳公子博帶峨冠豪放不羈能為青白
眼口善雌黃人物而身無長技向蛙學書性苦躁未
能竟兔從事學書竟不成其父兄族黨盡介士也曰
螳執爺而蜆弄凡螢懸燈而蛛布網皆能執一技以
成名大丈夫安事毛錐哉乃勒章書學劍公子欣然
披重鎧佩干將時就公孫大娘舞而技日益進將門
子學書雖未成無應擁劍又不成也得卒業遂終其
身以擁劍名

擁劍蟹贊
經營四方勇力方剛
撫劍疾視彼惡敢當

四

红钳蟹的铠甲有各种颜色，除了珊瑚红，还有艳绿、金黄和淡蓝等，但不管披什么颜色的铠甲，它的大钳子永远是红色的，摆在前胸，如武士护身的盾牌，颇有点气势。在国外，它还有个浪漫的名字——提琴手蟹，在西方人眼里，它的螯，是用来拉小提琴的。

雄红钳蟹的一只大螯很大，另一只小小的，它的大螯不仅用来招潮，也用来显示男性的魅力，故又称交配螯。狭长的滩涂上，红钳蟹神气活现地举着大钳子，向异性展示着雄性的魅力。

当它挥舞着大螯的时候，分明是在炫耀自己一身的好武力。红钳蟹是个小蛮汉，有一副暴脾气，不服吗？那就单挑。决斗时，它的大螯会被拗断，掉在泥地上，身上仅余小螯，如同独臂将军。不必为它担心，过一段时间，又会长出一只小螯。而原先那只用来觅食的小螯，则会变成大螯。

红钳蟹划地为王，整日在滩涂上进进出出，如入无人之地，我的地盘我做主，如果别的红钳蟹侵入它的领地，它就挥动着大螯驱逐其出境。到了求偶季，它挥一挥大螯，是向心爱的姑娘示好，表达柔情蜜意。

雌性红钳蟹跟雄蟹相比，温柔多了。雌蟹的两只钳子只有雄蟹的小钳那般细小，且大小一样。雌蟹是女流之辈，不像雄蟹那般好斗，雄蟹可以一天到晚在外面打打杀杀，大螯用来争地盘，用来争风吃醋，用来求偶。雌蟹的两只螯，都用来吃饭，抓取淤泥表面的小颗粒，泥里有它爱吃的藻类和其他的微生物。只要有口吃的，雌蟹就心满意足了。天下风云，与我何干？雌性红钳蟹在爱情中不肯将就，她要检查百个以上的雄蟹和他们挖掘的婚房，才决定跟谁共度一生。

红钳蟹跟知了一样，是我童年的玩物，夏天捉到知了，用棉线系了玩，红钳蟹也可以系上棉线，像牵宠物狗一样溜达。

五

元曲有"鹌鹑嗉里寻豌豆，鹭鸶腿上劈精肉，蚊子腹内刳脂油"，说的是想尽办法搜刮。

敝乡人对待红钳蟹，也有这等劲头。掰下它的大螯足，来一道炒蟹钳。

红钳蟹的大螯，看着红艳艳地诱人，咬起来，只有一股子咸香的汁水，热油一炒，肉缩得小小的，只能塞塞牙缝。海边人大多生腌，用姜片、辣椒、酒和盐浸泡后生吃，咬起来嘎嘣嘎嘣响，是不错的下酒菜。

红钳蟹最常见的下场是跟别的沙蟹一道被磨成蟹酱，当海边人家的塞饭榔头。蟹酱用来蘸芋头，味道最好。

浙南有谚语，"才女配才郎，妖精配鬼王，江蟹钿儿配两头爬"，江蟹钿儿指的就是小小的梭子蟹，两头爬是滩涂上的各种小蟹，这句谚语讲的是婚姻中的门当户对。

红钳蟹跟红花蟹，虽然同是红帮，因出身不同，地位有云泥之别，红钳蟹也拎得清，自知门不当户不对，从未想过去攀红花蟹的高枝，跟它相匹配的，只有滩涂泥地上的小沙蟹小蟛蜞和海里的小螃蟹。在蟹族，阶层也已经固化。

长须公

一

"虾兵蟹将，癞头鼋宰相"，是老家的童谣。在古代神话和志怪小说中，东海龙王是四大龙王之首，法力无边，癞头鼋是龙宫宰相，虾兵蟹将是手下兵将。《西游记》中写，东海龙王敖广急忙起身，"与龙子龙孙、虾兵蟹将出宫"。《警世通言》也写，东海龙王"率领鼋帅虾兵蟹将，统领党类，一齐奔出潮头"。

东海沿岸，虾兵蟹将是大家的舌尖妙物，大小宴席，必得有虾兵蟹将坐镇，否则，一桌宴席，总觉得档次不够。在海底，虾兵虽是匪兵甲匪兵乙之类的小喽啰，但这种甲壳类的节肢动物，长须钩鼻，身有环节，背呈弯弓，善于跳跃，在人间被尊称为"长须公"。一个"公"字，足以证明它在人间受尊敬的程度。春秋时代，"公"是诸侯的通称，位列封建五等爵位的第一等。可见，在龙宫，虾是喽啰，但在人间，因为味美，倍受尊敬。

民谚道，虾无百日命。意谓虾生命短暂，故虾又称"百日虫"。南方的江河湖海中，有各种虾，古人相信，梅虾只有在梅雨时节才出现，谢豹虾只有杜鹃鸟叫时才出现，蚕虾只在蚕熟时有，芦虾是芦苇变的，泥虾是稻花变成的，故多在泥田中。至于虾蛄，状如蜈蚣，一名管虾。蝗虫和白蚁入海，也会变为虾。

虾入诗，亦入画，齐白石老人的案头水碗里，长期养着数只活虾。虾儿们的腾跃嬉戏，激发了他的创作灵感，白石老人画的虾，节与节，若断若连，背部拱起，似在游动，寥寥几笔，意兴无穷。他有一幅《芋虾图》，数只青虾在水草间嬉戏，边上一茎阔大的芋叶，有夏的况味。

二

水族中，虽说虾兵的战斗力弱小，但胜在虾族庞大，品种繁多，能够以百当一。

虾族的世界五彩缤纷。若以颜色分，有赤白青黄斑数色。若以出身分，江河湖海溪，都有它们活泼的身影。若以大小分，虾族中的虾魁是龙虾，站在鄙视链的最顶端，外壳坚硬，色彩斑斓，气势不减蟹将。虾蛄，体型比龙虾小很多，但是头戴官帽，身披铠甲，可以算是龙虾的辅臣。

虾族中，还有文艺轻骑兵鼓虾，在我的家乡，它被叫成拉嘘虾，拉嘘者，撒尿也，它在大海中能敲出激昂的鼓点。此外，还有沼虾、明虾、甜虾、基围虾、草虾、牡丹虾、磷虾，不一而足。哪怕处在鄙视链最底端的毛虾，细小卑微如尘埃，在大海里，亦有其生存之术。

虾们混迹江湖，形成各自门派，各有拥趸。它们在水中成长，白天潜入水底，在礁石丛林中享受宁静，夜晚浮出海面，享受清风与星空。成长过程中，脱掉外壳，换上新的锃亮盔甲，如同脱胎换骨，重新投胎。

别小看了虾，它是东海龙王的乘龙快婿。苏东坡笔记《艾子杂说》中载：东海龙宫里，龙王招婿，奈何小龙女性格乖张，迟迟未找到乘龙快婿。龙族中有适龄的富贵子弟，性格亦骄奢暴躁，若小龙女与他们婚配，必起冲突。艾子提议，驸马应从水族里找。可是，鱼无手足，又贪婪，容易被诱惑，一上钩就送命。龟鳖样貌太丑，只有虾最合适。龙王不解，说虾太过卑贱。艾子解释道，虾有三德，一无肚肠（没心没肺）；二割之无血（毫无血性）；三是头上戴得不洁物（扣顶屎盆子也无所谓，就算戴了绿帽，也忍得）。龙王听了，同意让虾当东床驸马。就这样，虾凭着三德，实现了阶层的跃升。

虾是美髯公，有关羽一样漂亮的长胡子。关于虾须，有很多有意思的故事。家乡有俗语，"双手拢出虾须样"，说两只手伸出来像虾的胡须一样长，比喻见到好东西就想捞。

唐代《酉阳杂俎》中载，大定初年，某书生随新罗国使者出海，被风吹到岛国，称长须国，岛民口音跟大唐相似，个个有浓密的胡子。国王招书生为驸马，公主美丽可爱，性格也很好，只是下巴上有几十根胡须。书生在岛上过了十多年，生了一儿两女。某日，国王说长须国有难，要书生去找海龙王。书生到了龙宫，发现龙宫的御膳房内有口大锅，锅内都是虾，颜色通红。一见书生，虾们点头跳跃，似在求救。

书生于心不忍，向龙王求情。龙王感念书生曾经的救命之恩，将大虾放生。书生这才知道，原来国王一家都是成了精的虾，难怪公主下巴上有胡须。

三

虾是活泼伶俐的淘气包。童年时，我和小伙伴常去溪里抓虾摸螺蛳。捉到后，就养在玻璃瓶里玩。

虾虽淘气，却也谨慎。吃食时，以箝足先小心试探，再退后，再试再退，见无危险，才放大胆开吃。吃饱后，嬉戏打闹，互相用长箝箝着玩，像天真无邪的童子。

虾没有鱼那样的尾鳍，不像鱼儿一样游动，虾身上的游泳足，像木桨一样，频频整齐地向后划水，向前而进，如在撩水，看上去很是快活。家乡有俚语，"回娘家两脚撩虾，回婆家泪眼婆娑"，指小媳妇回娘家，心情好，走得快，好像快活撩水的虾，而回到婆家，想到又要受气，不免泪眼汪汪。

无虾不成宴。虾，不管大小，无论出身，各有美味。江南虾多，咸淡水都有，吃法也多，南宋《梦粱录》载有243种菜单，鱼虾蟹尽列其中，光一个虾，就有十来种做法，什么撺（今作氽）青虾、酒炙青虾、酒法青虾、青虾辣羹、水龙虾鱼、虾圆子、紫苏虾、水荷虾儿、酒法白虾、明州虾脯、虾鱼肚儿羹、虾包儿、虾蒸假奶、虾玉鳝辣羹等。南宋清河郡王张俊宴请宋高宗，跟虾有关的佳肴就有三道：鲜虾蹄子脍、虾橙脍、虾鱼汤齑。

南宋林洪的《山家清供》，所写的食物皆风雅，其中一道菜叫山海兜。山海兜是薄皮加馅料做成的点心，外面是绿豆面皮，里面有鱼虾、竹笋、蕨菜，蒸好后，外面那一层薄透的皮，半透明且略微弹牙，类似于故乡的番粉圆和天台的乌糯扁食，馅中鱼虾有江湖气息，笋蕨是山野风味，兼具山海之味。

宋元时期，江南有虾汤面，叫红丝馎饦。把虾肉捣成泥，与面粉揉匀后，再手擀切面，面条煮后，有淡淡红色，切合菜名"红丝"二字，劲道鲜香。

江浙诸地，有各种虾馔，油焖大虾、姜葱炒白虾、清炒虾

長鬚白蝦浙閩海中俱有
其鬚紅而甚長每入網中
則其鬚彼此牽結不知海
水中何以遊行大約總是
退則其鬚旬順而無礙矣

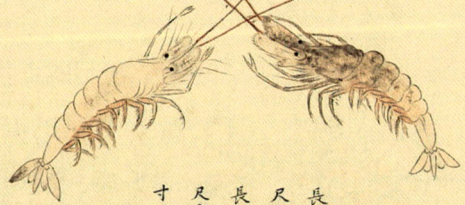

長鬚白蝦讚
尺鬚寸蝦
長短較量
尺有所短
寸有所長

黄蝦肥大而色黄産福寧後
江三沙等海中春夏秋罕有
至冬月長至胸後海人多捕
之最大者不易皆一二寸小
蝦長五六寸者廊為對蝦乾
之以貽遠客小者取閩乾之
於此比之鷹爪云
以售於市

黄蝦賛

蝦有紅綠
惟爾色黄
聚散有時
盛于初陽

大黄蝦對之成偶
多此種

龍頭蝦賛
蝦翻春浪
頭角崢嶸
梁灝狀元
龍頭老成

龍頭蝦考爾雅及諸類書無其名閩志惟漳泉載玫
泉南雜志云蝦有長一二尺者名龍頭蝦肉寔有味
人家掏空其殼如缸燈懸掛佛前而不言其狀訪之
閩人云仍是常蝦形但首嵲嶪斗泉人孫飛鵬邂逅
福寧滿子圖述云蝦名龍頭其首巨而有細刺額有
一骨如狼牙上下如鋸而甚長兩胂㸦多刺刺變顏
亦堅壯其餘身足皆與常蝦同小者土人㸦如常黑
食不乏異也在水黑綠色烹之則殼丹如珊瑚可愛
字彙云蝦之大者名鰝蓋指海蝦也云蝦長二三尺
頦可為蕭山堂肆考其謂蝦額前長刺在水分為兩條
龍頭蝦也泉郡陳葉謂蝦額前長刺是一種大蝦非
即入網活持㸦能彈開其刺以擊刺人贅則合而為
一其質兩條長刺也

仁、龙井虾仁、油爆虾，还有虾饼、虾饺与虾球。我偏爱白虾做的虾饼，通体纯白，也叫水晶虾饼，放油锅一煎，松软得当，温如软玉，吃一口，心会软成一汪春水。

苏杭人生活精细，喜欢剥了虾壳，单做一道炒虾仁。杭州用龙井茶，苏州则用太湖碧螺春，青青白白，粉粉嫩嫩。浙东临海有勾青虾球，以临海羊岩山的勾青茶叶来清炒，虾球鲜嫩清甜，粉红中带点乳白，茶叶碧绿清香。细嚼之下，如山野春风，扑面而来。

除了茶叶，碧绿的豌豆、芹菜、甜豆、芦笋，甚至西兰花，都能与虾仁搭档，青白相间，真是动人春色不须多。国宴上有道菜叫翡翠虾仁，以菠菜的碧绿汁水来包裹虾仁，色如翡翠，口感鲜香弹牙。

最风雅的是苏州的石榴虾。摘下夏天的酸石榴，萼筒割掉，掏空内部，将虾用调料腌渍，挂一层浆，与石榴籽混合，塞入酸石榴内部，隔水蒸熟。苏州作家车前子评价道，味道不咋地，可取之处是有一点创意和情调。传统菜肴里，也有一道石榴虾，不过与酸石榴无关，是用虾仁、鱼肉、蛋清做成石榴形状。

这些都是阳春白雪，但也有下里巴人，如臭豆腐虾仁，发酵带来的氨基酸有浓郁鲜味，又臭又鲜，别有滋味。风雅固然好，有时来点野路子，更能增添一些世俗的趣味。

神武龙虾

一

龙虾是虾族中的威猛大将，堪当龙王的御前带刀侍卫。

龙虾一出场，身披一袭华丽战袍，翠绿、墨绿、宝蓝、果绿、明黄、月白……各色夹杂，色彩绚丽，如唐玄宗的翠云裘，又如贾宝玉的孔雀裘，端的是风流倜傥。头顶两根赤红触须，如京剧中头戴翎子的英武小生，两根数尺长的雉鸡翎甩绕几下，便能感受到一股子英雄气概。若论英武剽悍，一身甲胄的龙虾，就是与蟹将并列，也未曾逊色半分。

龙虾藏身于海底的礁石缝隙中，如青蟹一般，一生需要换壳多次。它身躯庞大，但换起壳来，比夏天的知了还快，脱下厚重盔甲，换得一身锦绣华服。

　　龙虾外形威猛，其实并不那么强大，除了头部的棘刺外，没什么称手的御敌兵器，行动也笨拙。早先渔民潜海，在礁石上就能抓到龙虾。龙虾不甘心束手就擒，用爪子死命地攀住岩石，"我就是不去！就是不去！"除此之外，并没有别的招数。

　　故乡的龙虾曾经被皇帝封神。北宋天圣元年（1023），渔民在台州近海捕获三尺巨虾，红须长一尺余，色彩斑斓，夺目绚丽，如同彩笔绘就。这只巨虾是中华锦绣龙虾，又叫七彩龙虾，是龙虾中的"带头大哥"，体型最大，花纹华丽。宋仁宗见了龙虾的写真图后，啧啧称奇，封其为"神虾"，仿佛龙虾神武英

海底龙虾

明，是天纵雄才。

比神虾更早的，有唐朝陈藏器在《本草拾遗》中记载的临海龙虾，"生临海、会稽，大者长一尺，须可为簪"，当时的临海是会稽辖地，这只龙虾个头巨大，嘴上的硬须，竟然可以当发簪。

故乡海域近年来也捕到过巨虾。甲午年冬，我过生日，一帮朋友聚会，正聊得高兴，席间有人一刷朋友圈，惊呼：温岭渔民又捕捞到一只大龙虾！这只龙虾全身斑斓，青绿中带着深蓝，额角一对赤红触须，步足是黑黄相间的斑纹，尾巴张开如裙摆，足有七八斤重。一时间，这只锦绣龙虾成为谈话主题，我这位寿星的风头，生生被大龙虾抢了去。

大家兴致勃勃地猜测着龙虾的身价，有人感叹，工作十年，身家还不及一只龙虾。几天后，这只龙虾果然卖出上百万元的高价。

二

大龙虾历来被视为海族传奇。唐代《北户录》记载，海中大虾头可作杯，须可作簪，也可拄杖，龙虾肉可脍，味道很好。又记载滕循为广州刺史，有客人闲聊时跟他说，海中大红虾长一丈余。滕循是中原人士，对此嗤之以鼻，认为是吹大牛。客人见滕刺史不相信他的话，特地跑去东海取回四丈四尺须的大虾，滕循见了，这才相信。这种大龙虾，闽粤取其肉放火上烤熟，再用盐

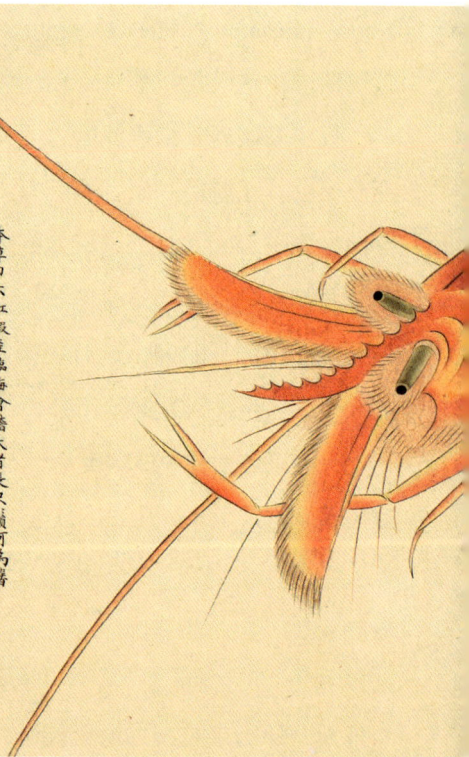

本草曰大紅蝦產臨海會稽大者長尺頭可為蟠
虞囑父答晉帝云時尚溫未及以貢即會稽所出
也李啟期曰閩中泰泰海上以每有紅蝦長尺許

大紅蝦贊
賴尾魚勞紅莒在蝦
若非浴日定是餐霞

閩海有一種縮頸蝦色紅而身短
鬚蚶不長常雜於白蝦之中詢之
海人不知其名蓋變種也

變種蝦贊

蝦有變種身短頸縮
意氣不揚如有靈感

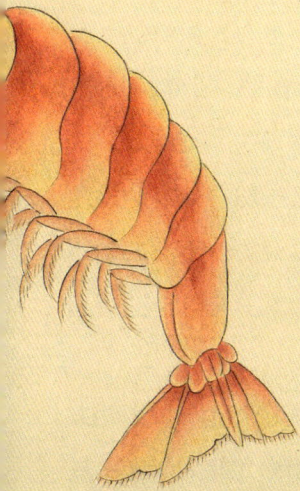

腌，肉色变红，是谓红虾，是当时的贡品。

唐代官员刘恂有《岭表异录》，他说自己登船出海时，曾经看到船舱外悬着两只七八尺长的巨虾，身上分刺如锋刃。清代郝懿行在《记海错》中记载过龙虾汛，龙虾排山倒海而来，列桅如林，横壁若山。最大的龙虾应该是郭柏苍《海错百一录》记录的那个，虾头能把船顶起来，虾须如桅杆粗细。

古人把虾须作簪，叫虾须簪，做杖，叫虾须杖，做帘的，名叫虾须帘。后人把竹子编的极细的帘子，也称为虾须帘。《水浒传》中，有"挂虾须织锦帘栊，悬翡翠销金帐幕"，《红楼梦》元妃省亲，也道"说不尽帘卷虾须"。虾须帘常出现在钟鸣鼎食之家。《红楼梦》中还有虾须镯，不过不是虾须编的，是由细如虾须的金丝编成的。至于龙虾的脑壳和脚节壳，古人用金银镶起来，做缸、做杯、做碗。

最有意思的是，有人异想天开，想用虾须打一口棺材。清朝玄幻小说《绣云阁》有这样的情节：紫光听说南海龙虾如牛大，其须可做栋梁，就想去拾须一茎，百年之后当棺材用。狐疑劝道，虾须软而不固，不如拾一巨大蚌壳回家，还不劳工匠动手，直接就可以用，一半埋地下，一半在地上。盖子一盖，就可以了。

古代还有龙虾灯，用龙虾壳做成的龙虾灯，电目火舌，烈焰喷吐，如赤面獠牙的洞庭神君擎着神灯，直飞青天，一时间电闪雷鸣。

龙虾壳是龙虾的空壳，看上去也有几分神武，老家渔民把龙虾壳悬挂在家中客厅，显得自己很"龙"——龙，在本地方言中，指的是威风、有实力。

三

龙虾有不怒而威的气势，宜拿来镇场子。婚宴寿宴时，隆重登场，位居圆桌正中，端坐大盘之上，好比身着翠衮、头戴冕旒的帝王坐在金銮殿，有不怒而威的气势。雾气缭绕，烘托出它的尊贵与神秘，仿佛电视剧《西游记》开场，漫天云雾之中，天降神将。

龙虾有各种吃法，刺身、清蒸、蒜茸开边、芝士焗、铁板烧，还有豉椒龙虾头、尾煮龙须面。爱者称其肉紧实弹牙，我却嫌它肉糙，盛名之下，其实难副。唯一能俘获我心的，只有龙虾泡饭，以鸡肉、筒骨熬成汤底，吃剩的龙虾头与米同煮，煮熟后，泡饭粒粒可数，吸饱了汤汁。再撒一层炸过的脆香米，口感脆爽。我把虾肉撇一边，只吃脆香米。

美国的快餐店，有龙虾卷三明治、蟹肉三明治。美国人对付鱼虾蟹，一向粗放，吃鱼只吃中间段，没有什么鱼肚鱼翅鱼头汤。蟹也是剔出一身白肉，什么蟹黄蟹膏一边去。对付大龙虾，挖出虾肉简单烹饪。两片面包夹着龙虾肉，全无龙虾在国内的那种尊贵。

有一年去夏威夷，小住了七天，天天看落日晚霞，吃各种海鲜。一道芒果沙拉大花龙让我记忆犹新。大花龙一身斑斓，如《水浒传》中浪子燕青的惊艳刺青。焗水煮熟，冰水降温，龙虾体积壮硕，肉质紧实，虾黄丰腴，上铺一层芒果和牛油果，再淋上一层沙拉酱，一入口就能感受到浓郁甘美。

东方饮食向来比西方要精细。在日本京都吃过龙虾刺生。接风晚宴上，白茫茫的烟气中，驶来一艘龙虾刺身船。烟气缭绕是前戏，高潮还在后头。船上堆了一层层碎雪，片片虾肉铺陈其上，红肌白理，薄如蝉翼。蘸点芥末，挟一片入口，有夏日薄荷的清凉，肉味跟河豚鱼片一般鲜美。再配一口清酒，美到要升仙。

相比于大龙虾，我更偏爱小龙虾。草莽出身的小龙虾，是乡野村夫，平素在河塘沟渠打滚，眼孔小，见识浅，连大海都没见过。它通常出现在夏夜的大排档，麻辣、椒盐、冰镇，轮番上场。吃到兴起，常让汉子胸袒腹露脸酡红。不过，这几年小龙虾身价也高了，米其林店新荣记，有冰镇酒醉小龙虾，小龙虾醉腌后，肉质极为清新，比龙虾肉好吃多了。

尽管小龙虾实力不俗，重大宴请上，亮相的还是威风八面的大龙虾，一身铠甲，须爪戟张，背上闪着清冷的光，干冰的白色烟雾，烘托出它的英明神武。如旧时高官出巡，有专人高举"肃静""回避"的大牌，有人鸣锣开道。一身红袍的大龙虾华丽出场，意味着酒席进入高潮。

虾皮，虾婢

一

说到毛虾，大家都觉得陌生，说起虾皮，则倍感亲切。虾皮就是毛虾的干制品。毛虾是个小不点，晾晒后只剩一层皮包骨，故称"虾皮"。

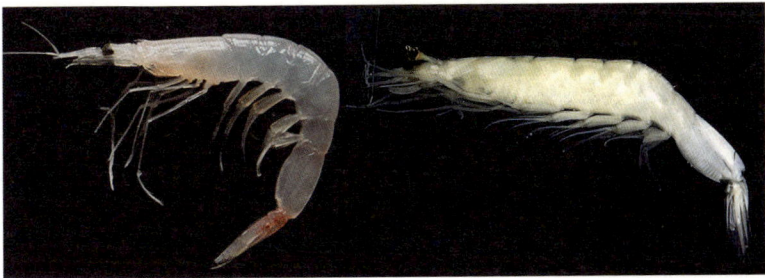

毛虾

毛虾，俗称虾婢，跟身材丰满高挑的对虾、红虾、硬壳虾相比，细小的毛虾，简直就是瘦弱单薄的婢女。连流里流气的拉嘘虾，跟毛虾站在一起，看上去也像是强龙。

从长江入海口往南，一直到闽粤两省交界处的海域，就是东海。这里最适合虾兵蟹将的生长。从春到秋，毛虾在东海自由自在地成长。暮春时节，紫藤花爬满花架，蔷薇花开得铺天盖地，毛虾在东海第一次产卵。芥子般细小的虾卵，三个月后，会长成两三厘米长的毛虾。白天，毛虾生活在水下四五十米处。暮色四合，黑暗的大幕拉上，天地仿佛连成一体，毛虾浮上水面，呼吸新鲜的空气。

我们那里，称嘴小者为鲳鱼嘴，嘴大者为赤鲶或阔嘴鲶鱼，小眼睛者称为虾皮眼。宝宝满周岁，大人要为他们举行仪式。要抓周，要食荤，女娃要吃鲳鱼，希望她长成小巧的鲳鱼嘴，男娃吃黄鱼，黄鱼嘴大，意谓吃四方。但没人让宝宝吃虾皮，谁也不希望自家的孩子长成细眯眯的虾皮眼。

家乡老话中，有一句话叫"撮虾皮好"，如果一个人与别人仅是泛泛之交、点头之交，或者明明相熟多年，但彼此之间并没有热络的情谊，就称之为"撮虾皮好"。友谊只相当于一撮虾皮的交情，弦外之音是俩人的交情太浅，只相当于朋友圈里的点赞之交。

二

古人称毛虾为梅虾，因这种虾"梅雨时有之"，故名，说它"数千万尾不及斤，五六月间生。"芒种时候，毛虾的身体变得丰腴，全身浅浅的金色，背部至尾部，带着红膏。红膏实乃虾卵。在家乡，芒种前后三周晒的虾皮，称为芒种虾皮，色泽明亮，红膏的鲜味与虾肉的鲜味叠加，格外饱满鲜香。风干后，可见厚实肥美的虾肉与琥珀般的红膏。浙南温州苍南、平阳至浙东台州一带的虾皮，质量尤佳。

夏至过后，虾汛结束。毛虾产完卵，腹中空空，薄如纸片，口感要逊色许多。等到秋风一起，毛虾又开始产卵繁殖。

毛虾的结局，只有两种，晒成虾皮或成为虾酱。渔民出海，张网捕捞毛虾，船一靠岸，立马晒制。海边渔村，日头底下，一竹簟一竹簟的毛虾，空气里一股咸香。海风强劲，阳光充足，三小时前还在深海里自由泳的毛虾，风和阳光把它变成美妙的虾皮。风大的地方，晒出的虾皮美味又干净，可生嚼，让人唇齿留香。

晾制虾皮，有两种方法，一是生晒，二是熟制。生干者叫虾皮，色如象牙，熟干者叫炊皮，色淡红。所谓生干，就是把海里打捞上来的毛虾，用海水或淡水漂洗干净，直接晒至八成干。熟干是把毛虾放在盐水中余熟，捞出冷却后再晾晒。熟干的炊皮，有淡淡的胭脂红。

生干熟干，各有优劣。生干水分少，不易返潮，但论鲜度，要数熟干。只是熟干水分大，保存不当的话，一到江南梅雨天，就会"出汗"，容易返潮。

挑选虾皮，如中医之望闻切。要看色泽，虾皮无论是象牙白还是胭脂红，都要透亮，闻起来没有哈喇味。抓起来不能潮乎乎。好的虾皮，肉质厚实，差的虾皮，只有一副空皮囊。

做不了虾皮的小毛虾、碎毛虾，磨成糊，盐腌后成为虾酱。虾酱表层析出的虾油卤，是调味佳品。

三

虾皮虽小，不可小觑。蛋白质含量和含钙量，比鱼、蛋、奶高。白石老人爱吃虾皮熬白菜，晚年仍睡得了硬板床。朋友骨质疏松，我劝她吃虾皮；朋友膝盖酸软，我劝她吃虾皮；朋友产后不下奶，我还是劝她食虾皮。前几年我骨折，伤筋动骨一百天，在家休息，懒得熬骨头汤，天天拿虾皮当零食。

虾皮过酒、佐粥，皆宜。早年有一邻居，驼背，孩子们调皮，叫他虾公，虾公家穷，娶不起老婆，到老还是孤身一人，在厂里打杂，爱喝小酒，喝的是劣质的番薯烧，过酒用虾皮。一小撮虾皮，他能喝下半瓶白酒。

松子虾皮，是海边人家的佐酒利器，松子松脆，一翻炒，香味迸发，虾皮有嚼头，口味咸香。

虾皮跟绿叶蔬菜，也是极好的拍档。在老家，虾皮用来炒时蔬，标配是芥菜。翻炒之后，原本略带苦味的芥菜，被虾皮的鲜香激活，起了奇妙的化学反应，变得清鲜无比。

不止芥菜，春天青菜开了花，长成鲜嫩无比的菜薹，清炒时放一撮虾皮，鲜甜鲜甜的。暑热难当，烧冬瓜汤蒲瓜汤，加点虾皮，汤立马生动鲜活。到了冬天，下过一场雪，扒开厚厚的雪，油冬菜和雪里蕻的叶子壮实得很，菜油炒了，加点虾皮，软糯中带点甜味，比肉还要好吃。故乡包食饼筒、包扁食、包青团，虾皮放油中略微一炸，与别的馅料一起，裹进皮里，好吃到扶墙走。

虾皮提鲜，是极好的。我一旦开始赶稿，就不愿下厨，嫌打断了思路，又费时费力。到了饭点，撮点虾皮，撕点紫菜，放点猪油，加点葱花，撒点细盐，热开水一冲，就是美味的虾皮紫菜汤，再蒸两个炊圆，一顿饭就解决了。虾皮与紫菜，堪比日本高汤里的鲣鱼和昆布。有时我也会煮一碗小馄饨，煮熟后，馄饨轻薄透明，隐约可见肉星，汤里撒点虾皮、榨菜，连汤都喝得不剩一滴。

家里有一袋虾皮，是海边朋友用自己出海打捞上来的毛虾晒的，大小是寻常虾皮的一倍，有透明的质感，虾皮精神气十足，硬挺饱满，肉色黄亮，鲜香有嚼头，拿来过粥、蒸蛋羹、炒芥

菜、凉拌豆腐，寒夜写作，腹中作响，也会撮一点当零食。那鲜香之味，让我在数百里外的杭州，依然能闻到故乡那种深沉而熟悉的海鲜味。

一挟虾虮千条命

一

我说，我一口气能吃下几百条鱼几百只虾。内陆地区的人，以为我吹牛吹破天。

我说的，是海蜓、虾皮和虾虮。

大鱼吃小鱼，小鱼吃虾米，虾米吃虾虮，虾虮吃烂泥。在东海，虾虮是最不起眼的生物，如针芒，如芥子。因为太过卑微，家乡人常拿它说事，家乡话里的"烂虾虮"，指不值铜钿的货物。虾虮如此微不足道，自然无法兴风作浪，家乡以"虾虮作勿起大浪"，指不可改变的事，也形容一个能力极其有限的人，想办大事，是不会成功的。此外，还以"三八廿八，一斤虾虮白搭"，挖苦爱贪小便宜而因小失大的人。

剑水蚤

虾虮处于海洋食物链的最底端，是海洋里的浮游生物。水母也是浮游生物，但它形象艳丽，姿态撩人，有很强的存在感，而虾虮渺如尘埃，体长仅二三毫米，以滤食水中的硅藻、细菌、有机碎屑等为食，它们喜欢聚团浮游，密密麻麻，如淡红的腾动的泥浆。大鱼小鱼把它当口粮，啊呜一口，就吞掉数千个虾虮。虾虮终其一生，随波逐流，在命运的惊涛骇浪面前，没有丝毫的还手能力。

虾虮名字带虾，但非虾族成员，它的大名叫剑水蚤。

二

虾虮要张开大网兜住，叫张虾虮。网是用苎布和薄细布做成的，网眼细如针头，绑在两根竹竿上，插入滩涂，张开后呈八字形，尾部有袋，小潮水来时，虾虮随着潮水流进网中，潮退后，落入尾袋中。张一潮虾虮，少则几十斤，多的甚至有上百斤。张虾虮，月圆大潮时不宜出门，浪潮太大，网张不住，是捕不到虾虮的。

竹外桃花一开，东海洋面开始盛行暖流，这个时候，鲈鱼堪脍，河豚欲上，虾虮忙着繁衍后代。虾虮成群结队地游动，小满到端午，虾虮旺发，是张虾虮的好时候，端午前后，虾虮最多。秋天的白露至霜降，天气不冷不热，也适宜张虾虮。

天台有苍山，以野樱花出名，温岭有苍山，以咸虾虮著称。温岭苍山在松门镇的西南角，出产的虾虮鲜美无比，民间甚至将它与松门白鲞相提并论。除了苍山虾虮，三门的晏站虾虮也很有名，"春雪大，晏站虾虮有得卖"。这渔谣，简直就是吃货的美食导航。玉环也有好虾虮，玉环清港徐斗村还有虾虮庙。据说早年间，有村民张虾虮，网到一尊木刻神像，他认为神像显灵，为保佑出海平安，特建庙供奉。

虾虮暗红，粗看如一撮撮虾籽或蟹粒。它比细小的沙粒还要来得细。如果放在水龙头下冲洗，细小的虾虮，会从指间溜走，

琴蝦贊

海蝦各琴三弄水濱
遊魚出聽人不知音

白蝦頭不甚長而鉗如槌每隨潮而來
喜進海港淡水謂之鹹淡水蝦海人
乾之售於關之山鄉茗梡甲投二枚作
茶果莊頭捷於上客取以哎

白蝦贊

胃濫緋衣昌若白身
雖混水族居然山人

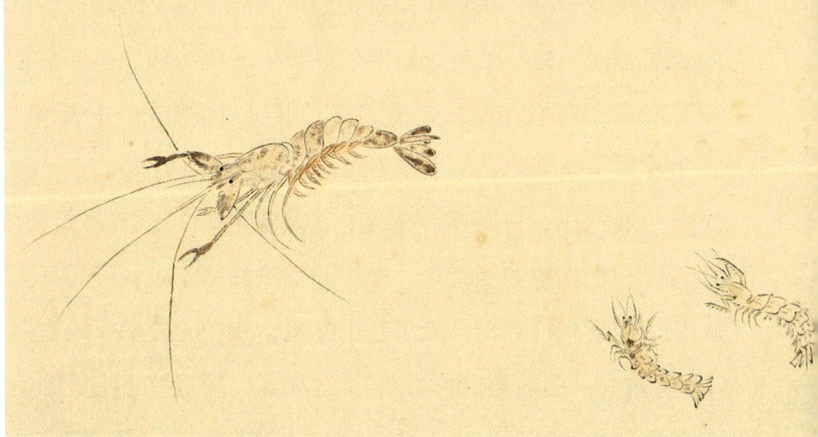

琴蝦一名蝦蛄首尾方圓殼背多刺能辣人手大者長七八寸活時号其身善彈人肯有二鬚前足如螳

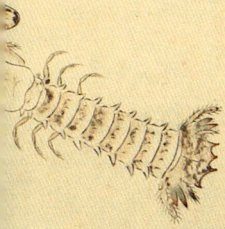

天蝦產廣東海上狀如蛾而有翅常飛于天入海則盡為蝦或為黃魚所食亦稱黃魚虫海人捕其未愛者炙食之甚美

天蝦贊
蝦不在水乃遊于天
居然羽化虫中之仙

有一句形容光阴的话，叫"时间太窄，指缝太宽"。你在洗虾虮的时候，才知道什么是"指缝太宽"。

三

虾虮炒咸菜、炒蒜苗、炒野葱，碧绿的蔬菜，深红的虾虮，吃起来清鲜爽口，带有沙沙的口感。下过霜的芥菜炒虾虮，更是鲜甜。老家也有人拿它炒鸡蛋、蒸蛋羹。玉环人甚至拿它来炒米面糕。温州人则用虾虮蒸五花肉、煮番薯粉干。

一挟虾虮千条命，一筷子挟下去，几千只虾虮在舌尖上绽放着鲜美的滋味。信佛的人家，怕是要"阿弥陀佛"念个不停。

虾虮离水即死，遇热即坏，遇到淡水会变质，很是娇气。腌虾虮时，天不能太热，虾虮不能离水太久，不能沾到淡水。虾虮装进陶罐或钵头里，撒上盐和白糖，将罐口密封，一斤虾虮半斤盐，虾虮酱的咸味可想而知。

温州人腌虾虮要加入红曲、酒糟，搅拌均匀后腌三五个月，虾虮的颜色由暗红变黑蓝，腌好的虾虮酱清亮半透明，细看有细小粉末状颗粒。

正宗的虾虮酱，是用剑水蚤腌成的。小毛虾打碎腌制成的虾虮酱，是杂牌军，味道差远了。

虾虮过去不值钱，穷苦人家常以此下饭。那些做苦力的，则喜欢带一瓶虾蚍酱出门。不是因为虾蚍有多好吃，而是省钱又下饭。

海边人爱虾蚍酱，誉之为调味之冠。虾蚍酱蘸芥菜梗，吃完，余鲜犹在。煮好的芋头，直接吃，未免寡淡，剥了皮，蘸点虾蚍酱，又咸又鲜又软糯，绝配。凉拌海蜇，更要蘸虾蚍酱，咸香爽口，嚼之，吱吱作响。虾蚍酱除了蘸芥菜梗、芋艿、海蜇皮、白菜、豆角，啥清淡之物都可一蘸。

每年冬至开始，老底子杭州人要腌大白菜。腌好的大白菜与冬笋一起炒，叫炒二冬，又叫冬白二清。冬白二清固然清鲜，但比起故乡的虾蚍酱蒸盘菜，还是稍逊风骚。虾蚍酱蒸盘菜，软糯中带着清甜，味绝佳。

父亲在东海边长大，觉得虾蚍是人间美味。老人家年纪大了，容易怀旧，常跟我说起旧人旧事，念念不忘家乡的夹糕、大黄鱼和虾蚍。母亲在西湖边长大，很难理解父亲对海腥味的追逐，她一辈子都吃不惯糟鱼生、烂虾蚍。所谓的味道，其实就是故乡的风物、气息、口味、过往的岁月以及挥不去的乡愁，共同聚成的味道。

虾蚍很小，细如尘埃，它作不起海里的大浪，但能作起舌尖上的大浪。

盔甲战士

东鲨晴，西鲨雨

一

鲨是地球的遗老，已生活了4亿多年。如果要摆老资格，谁摆得过它呢！

我对鲨产生兴趣，是在看了石塘老渔民陈祥来的鲨壳画后。祥来手巧，脑洞又大，常能化腐朽为神奇。海边的破烂货，旧船板、废铁块、老树桩、石头块，被他一摆弄，就成了艺术品。海里漂来的一块烂木头，他能用它搭建起一个小渔村。

早年，石塘鲨很多，渔民用鲨壳当水瓢、饭勺，某日祥来突发奇想，在鲨壳上尝试作画。在鲨壳上作画，比在宣纸上难多了。鲨壳表面光滑，里面遍布褶皱，褶皱里还有残肉，祥来买来专业的电动洗牙工具，清理、消毒、风干、晾晒、装裱、加固，

鲎壳画（陈祥来　绘）

一整套程序完成后，开始打谱作画。祥来的工作室，挂着一排鲎壳脸谱，色彩艳丽，表情夸张，远看是净旦生末丑，近看有虾兵蟹将、猛虎雄狮，用色如梵高一样大胆。

城里人很少见过鲎，也很少能读准鲎的大名。鲎生活在沙质海底，南风来时，鲎夫鲎妻双双上岸，交配产卵，因为"善候风"（善于观察风向），故鲎的读音为"候"。

鲎背部弓起，远看像乌龟，又像士兵戴的钢盔，家乡把驼背人称为"hou 背",即鲎背,取的就是鲎的形。鲎的小名还有鲎鱼、钢盔鱼。因头胸甲形如马蹄,还被称马蹄蟹。

鲎长相古怪,古人称鲎为海怪,它头胸宽大,《海错图》说,"如剖匏之半",匏是一种植物,果实比葫芦大,对半剖开,可做水瓢。鲎壳如半开的匏,常被渔民拿来做鲎勺和鲎瓢。在鲎壳上安一个木柄,就可舀水或舀粥。鲎壳轻便,经摔,早年家乡调皮的渔家孩子玩游戏时,常拿来当帽盔使用。冲锋陷阵时,神气得很。

鲎的五官也是乱了套,眼睛长在背上,鲎鳃长在肚皮上,像一页页的书,古人称之为"书鳃",书鳃用于呼吸,遇到紧急情况,还可以划水逃命。

鲎走起路来,川字形,称为鲎道,它稳步前行时,礚、礚、礚,行动缓慢,如移动的头盔,自带音响。闽南人称手脚笨拙的人为"鲎脚鲎摇",委实形象。

鲎还是个刺儿头,身体两侧有锐棘,尾巴细长坚硬,长三四尺,像一把三棱剑,可左右横扫,还可以当作支点。当鲎不小心翻转身,就以尖尾支撑,梗着脖子,努力将身子回正。这一点比龟鳖强,龟鳖翻了身,很难转身,只能仰面朝天,徒呼奈何。

鲎貌似强大,但也有软肋,夏天蚊子一叮到它的眼睛,它就殒命。石塘人家,夏天抓到鲎,会用烂泥糊住它的眼,以防它被蚊虫叮咬而死。

二

夏天雷雨过后，碧空如洗的天空下，挂着一道美丽的彩虹，竟然也跟海边笨手笨脚的鲎有关。古人认为，天空出现彩虹，是因为鲎在海上，吐气成红绿橙黄青蓝紫诸色。家乡有谚语："东鲎晴，西鲎雨。"温台地区，夏秋多台风，谚语道："七月挂鲎被风害，八月挂鲎逃不脱。"七八月间，天边挂彩虹，意味着台风要来，农历八月的台风，比七月还要可怕。"鲎挂海口，风吹捣臼"，意思是彩虹一旦出现在出海口，意味着巨大台风要来。大台风来时，二三百斤的青石捣臼，也被吹得满地翻滚。哪怕万吨巨轮，也会被吹上岸。

古人认为，鲎是蟛蜞的爸爸，清代《土物小识》有记："或曰鲎生蟛蜞。"实际上鲎与蟛蜞虽然都背负盔甲，但两者八竿子打不着。与鲎亲缘关系相近的，是同属节肢动物门的蝎子和蜘蛛。

鲎夫妻是女强男弱的组合，《雨航杂录》道："海上称妇女健壮操家者，号为鲎。"海边一些地方称那些身强力壮持家的女子为"鲎"。就好像山区以老黄牛代指勤劳苦作之人。

鲎不管到哪里，都是夫妻同行，在古人心目中，鲎跟比目鱼、并蒂莲、鸳鸯鸟一样，是爱情的象征。

该书又载，雌鲎无眼，需要依仗雄鲎而行，在海中，大娘子驮着小丈夫缓缓而行，哪怕风浪来了，亦不撒手。祥来告诉我，

古人的描述并不准确，雌鲎跟雄鲎一样，都有眼，最大的区别是雌鲎头圆，而雄鲎有凹陷曲线。过海时，雄鲎以腹足夹紧壮实的雌鲎，在古人眼里，这就是至死不渝的爱情。

古人又言，雌鲎如果失去雄鲎，会悲伤绝望，痛不欲生，故雌鲎又叫鲎媚。渔人知其习性，不抓则已，一抓一对。事实上，痴情的是汉子，雌鲎一旦被抓，雄鲎会不离不弃，待在原地，宁愿束手就擒。一旦雄鲎被抓，雌鲎则溜之大吉，它要保存革命的种子，延续家族香火。潮汕人以"枭过鲎母"，比喻薄情寡义之人，这是对雌鲎的误会。有时候，忍辱负重地活着，并不见得比死容易。

鲎交配时，雄鲎会趴在雌鲎背上一整个夏天，情比金坚的样子，胜过多少人间的老夫老妻。人间的老夫老妻通常是这样的：白天好夫妻，晚上好邻居，把家生生过成了寺庙，东边住着方丈，西边住着师太，各自念各自的经。

鲎平素生活在砂质浅海区，到了夏秋繁殖季，成双成对进入内湾或河口的潮间带沙滩上交配、产卵，产妇驮着老公，待产完卵后才分开。雄鲎虽然帮不上什么大忙，但陪伴是最长情的告白。雌鲎产卵时，用尾部"长茅"支起身子，腾出宝地当产房。一次产卵一百多枚，绿豆大小，色黄。产完一窝，用沙子盖上，在边上再产下一窝。有时一个晚上，能产卵上千枚。

一只鲎从出生到长大，需要9至12年。出生后，从绿豆大小

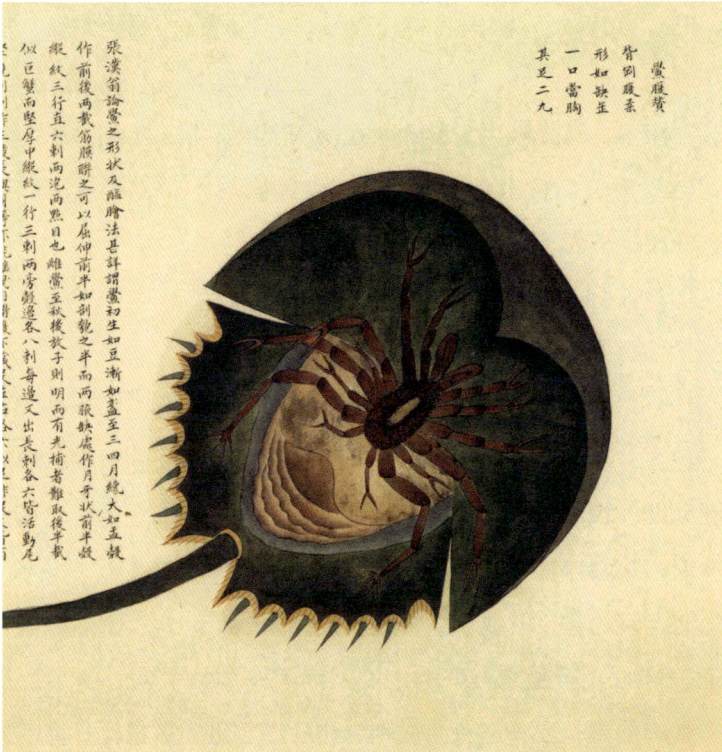

鱟腹贄
背劚腹素
形如缺盆
一口當胸
其足二九

張漢翁論鱟之形狀及臨贈法甚詳謂鱟初生如豆漸如盖至三四月總大如盂鐀
作前後兩截筋顋聯之可以屈伸前半如刺剜剜之平而兩頦缺處作月乎狀前半殼
縱紋三行至六刺兩泡兩點曰目也雌鱟至秋後放子則明而有光捕者雖取後半載
似豆蟹而堅厚中縱紋一行三刺兩旁韺邉各八刺每邉又長刺各六皆活動尾

长到铜板大小，需费时三月。其间，再蜕上十八九次的壳，才长出一身棕褐色的鲎壳。鲎的寿命只有20多年。

"鲎"讨口彩，闽南话中，鲎与"好"同音，用于婚礼，取百年好合之意。此外，鲎产卵众多，也包含着多子多福的祝福。

在家乡，鲎壳被用来辟邪。江南辟邪的图案，常见钟逵持剑斩鬼或者狮子口含宝剑。而在浙东温岭石塘一带，因鲎尾似利剑，渔民挂鲎壳于家中，以驱赶邪气。

三

过去，浙东沿海如温岭、玉环、三门等地，一到夏天，鲎满沙滩乱爬。农历六月，鲎最多，有时会爬到渔家的灶台上，当地有渔谚："六月鲎，爬上灶。"

送上来的鲎，就成了盘中餐。鲎肉油爆、红烧、清炒，各有味道。肉味介于蟹肉与虾肉之间。渔家有葱油鲎肉、韭黄炒鲎肉、鲎肉炒蛋，夏天还有海鲎刺瓜肉片汤、鲎壳蒸粉丝。鲎下边带齿状的壳骨，斩成小段，加糖醋烹制，或红烧，很有嚼劲。或者将鲎肉剁巴剁巴成小块，腌成肉酱，很是下饭。

鲎卵也好吃，绿豆大小的硬实小圆球，用牙一磕，"啵"的一声，在口腔间爆响，闽浙一带，拿它做酱，叫鲎子酱，味道尤美。宋代杨万里写过一首《鲎酱》："忽有瓶罌至，卷将江海来。

玄霜冻龟壳，红雾染珠胎。鱼鲊兼虾鲊，奴才更婢才。平章堪一饭，断送更三杯。"赞美鲎酱之美味。

鲎肉曾出现在南宋那场最豪华最著名的家宴上，南宋周密《武林旧事》记载，宋高宗赴清河郡王张俊家宴，宋高宗在位36年，只去过两个大臣家，一次是秦桧家，一次就是张俊家，张俊悉心准备。其中一道菜，就是鳝鱼炒鲎。宋高宗对吃向来挑剔，某次御厨下馄饨，下得略生了些，就被他打入大理寺。豪华家宴，有鳝鱼炒鲎，可见味道不俗。

南宋都城的街肆，卖各种海味，也卖鲎酱，《武林旧事》记载："又有卖酒浸江鳐、章举、蛎肉、龟脚、锁管、蜜丁、脆螺、鲎酱……诸海味者，谓之醒酒口味。"看来，在南宋，吃鲎跟我们现在吃蟹一样寻常。

鲎肉性凉，过去石塘一带的人家，夏天小孩长痱子，就给孩子吃鲎肉，吃过一两次后，痱子就会消退。鲎味道鲜美，但剖杀时须小心，不可割破肠子，否则，秽物弄脏鲎肉，就没法吃了。箬山渔村有谚语，"好好鲎，刳到屎漏"，意谓好事被人搞砸。渔村的人常拿鲎说事，以"山鲎"二字，形容那些假充内行的人。因为鲎长在海边，不可能生在山上。

鲎肉、鲎骨、鲎卵可食，鲎血可放汤，夏天还有丝瓜鲎血汤。老家人对某事撇嘴，常说"蟹血"二字。蟹无血，意味子虚乌有之事。但是鲎有血，且碧蓝。鲎血与肉同煮后，洁白鲜甜。

清代浙东诗人李邺嗣有诗："桃花蛏子菊花潺，一甲雌雄鲎血蓝。"他说，春天桃花红，蛏子鲜，秋天菊花黄，水潺肥，鲎血碧蓝，海边鲎多，可当蔬菜吃。

鲎血碧蓝，极为珍贵，有"蓝金"之称。老祖宗们当汤喝掉的鲎血，现在在国际市场上，一公升售价要一二万美元，一碗汤，就喝掉一辆小轿车。鲎血珍贵，是因为血中含有特殊凝血蛋白，遇细菌立马凝固，以此制成的医疗试剂，用来检测细菌和毒素。鲎被抽血后，只要休息一周就能满血复出。

浙地多鲎，福建、海南也多鲎，广西的鲎更多，多到沤烂当肥料，鲎壳则拿来做甲壳素，早年广西一年间用掉的鲎壳，有几百万只之多。

现在鲎已罕见，珍稀如大熊猫。就算海边人家，也很少见到。渔民出海捕捞，一网上来，除了虾兵蟹将，偶有一两只鲎。对这位被列为国家二级保护动物的海洋遗老，渔民们也恭敬有加，一旦遇上，捧在手心，小心放回海里，再也不会拿它们来祭五脏庙。现在餐桌上吃到的鲎，都是养殖的。

从"六月鲎，爬上灶"，到列入《国家重点保护野生动物名录》，人类是否该为这位地球遗老，唱一曲悲伤的挽歌？

藤壶 · 螅 · 老婆牙

一

家乡的螺呀贝呀很多。从青豆鼓荚的初夏，直至绣球盛放的酷暑，江边大排档一直闹猛。大排档中，螺、蛏、蛤、蚝、蚶、蚬，这些有盔甲的小家伙总是最先上场。对付它们，挑、嗍、吸、掀、戳、撬，十八般武艺全得用上。

在家乡，一个合格吃货的标准是：至少吃过50种以上的风味小吃，叫得出30种以上的鱼名，吃过10种以上的贝壳，夏天在家浸泡过杨梅酒，秋天到果园采摘过橘子和文旦。美食是一座城市的软实力，东海大陆架，是中国最丰饶的海域，如果做不到靠海吃海，那委实辜负了海与美食。

内陆地区的人，不知道藤壶为何物，以为藤壶茶壶铁壶都是壶。浙东海边人家，不仅知道藤壶鲜美的滋味，更知道不同藤壶之间的区别。

在家乡，常吃的藤壶有两种，一种叫佛手，另一种叫蟳。

佛手，上半身如五指伸出，下半身如灰绿帆布。东亚人称鬼爪螺，西方人觉得像是魔鬼的手，又酷似狗爪。不过，在海边人眼里，那是普度吃货的仙人之手，故称其为仙人掌、佛手蚶。真是一念成佛，一念成魔。

佛手

嶺表錄曰石蜐得雨則生花蓋鹹水
之石因雨黙為脂而結黙形如龜爪附石
廣韻一名曰石蜐生石上似龜脚今稱為
龜脚一名仙人掌産浙閩海山潮汐往
来之處曰龜脚象其形也曰仙人掌特
美其名取諛諛之意甲屬中之珍蟲
非蚌蛤獨具奇形者其根生於石上叢
眼内有肉一條直滿其爪不無論大
蜐常大小數十不等其皮蒼色如細
小各五指為堅殻肉嘗連而中三指
能開合開則常舒細爪以取潮水細
亦為食故其下肉一口食者剝殼取
肉頗鮮嘗可為下酒物撮海人云鮮時
現蚨而食其美而獨盛于冬洞物多生
岩陽或石洞内蚨首以刀斬之入洞多者
常有熱氣蒸人則骸為之鼓潮至每有
洞常餓入石而不能出者雖無須目足甚多
其一種生氣故而形說吳中原之人
乍見多有驚詫者長不識者屠捲巷嘗述

龜脚賛
余童見多
棠邑食肉

中三爪能開閨開閨
舒爪取食

佛手也叫龟足、石蜐，浙东甬台温一带常见。《玉环志》有记，海中山岩附石攒生，如花丛，半截带壳，微青，肉红色。佛手跟牡蛎一样，都是附着礁石生长，一簇一簇群生群长，聚在一起，犹如花丛。正月一场春雨，佛手的软爪开花如丝，散在壳外，开的花，称石鮭蔰。古人以"形如龟脚，春雨生花"形容。这应该是世上最鲜的花朵。关于佛手，我在《无鲜勿落饭》那本书中有过详细的描述。

我们那里，烹饪佛手，常是清水余烫。有些地方考究，将煮熟的佛手放在碎雪碎冰中，一粒粒朝天摆放，如仙人指路，干冰喷雾，带着几分仙气，吃时从壳中扯出鬼爪般的白肉。西班牙人、葡萄牙人也喜欢吃佛手。西班牙名厨荷西·安德列斯跟蔡澜一样，有一份死前必吃的菜单，其中一样就是鹅颈型藤壶。

二

另有一种藤壶，也是浙东人的舌尖爱物，我们那里称之为螅，也有写成冲、触、蛋、蛐、春、曲嘴、雀嘴、老婆牙的，跟佛手一样，形丑而味美。《海错图》中说，螅又叫撮嘴，因其如小孩撒娇时噘着的嘴巴。也有叫触奶、石乳和竹乳，因其状如乳头。叫马牙，也是因为它长得像马的牙齿。

夏天，我请几个朋友在家门口的海鲜馆小聚。点菜时，一长

溜的菜名上，有一道"清水春"，看上去像是词牌名，我横竖猜不到是什么宝贝。店小二把我带到门口的海鲜

笠藤壶

展示柜，用手指给我看。咳，原来就是蟳呀！因为烹饪时清水氽烫，酒店写成"清水春"。

蟳也是藤壶。你到菜场上，说买藤壶，没人理睬你，说买蟳，小贩都知道。

蟳还有一个诨名，老婆牙。关于老婆牙，有两个有意思的故事。一则记在明人蒋一葵的《尧山堂外纪》中：温岭人徐似道性诙谐，喜戏谑，有位丁姓老乡，与老婆言语不和，闹起别扭，赌气离家，住茶寮山，吃素诵经，日日买海鲜放生。老婆久不见其归，不免担心。知徐似道与其交好，就央徐去劝说。徐似道痛快答应，出门时，见有人在卖蟳，就买了一大篮送给丁，附赠一首《阮郎归》："茶寮山上一头陀，新来学者么。蝤蛑螃蟹与乌螺，知他放几多？有一物，似蜂窝，姓牙名老婆。虽然无奈得它何，如何放得它？"诗中的头陀即行脚僧。似蜂窝，就是俗名为老婆

牙的藤壶。嘉靖年间《温岭县志》写到它，"一名老婆牙，生于岩或篁竹上"。老婆牙三字别有深意，意思是唇齿亦相碰，夫妻相处偶有争吵也正常。你虽对妻无可奈何，真要放手，想必你也不舍。丁见词，大笑而归。

南宋《鹤林玉露》记载了诸多宋代轶事，也写到老婆牙：宰相周必大、光禄大夫洪迈都是江西人，有次侍宴，皇上跟他们唠起家常，问洪迈，家乡有何特产。洪迈是鄱阳人，答道，沙地马蹄鳖，雪天牛尾狸。皇上又问周必大，周必大是吉安人，对曰，金柑玉版笋，银杏水晶葱。皇上转而问一侍从，侍从是浙江人，脱口而出，螺头新妇臂，龟脚老婆牙。清代藏书家吴骞在《拜经楼诗话》中转引了这则佚事。吴骞是浙北嘉兴人，不知"螺头新妇臂，龟脚老婆牙"为何物，他自嘲道，我也是浙江人，生于海滨，竟然不知这四样是何物，只好照录于此，希望见多识广的人能解答。

其实，侍从说到的这四种贝壳，东海常见，且都以形而名。螺头就是辣螺，新妇臂指的是蛏肉的肥白丰腴，因为蛏肉白胖而甘美，俗呼为美人蛏。龟脚即佛手，老婆牙即螆。

三

螆喜欢抱团，它们长在潮湿的岩礁上，东一堆，西一簇，口子朝上，色灰白，看上去就像微型火山口。它跟佛手一样，以海浪中的微小生物为食，每一次的惊涛拍岸，都会带来大海里的微生物，水中的硅藻、鞭毛藻、放射虫，都是它的美食。它像钉子一样，紧钉在岩石上，无法移动，只等海浪为它送来美食。浪越大，带来的食物越丰富，礁石上的螆也就越多，密密麻麻，如小火山。藤壶最喜欢海浪的洗礼。潮起时，它们伸出触手，张开嘴巴，滤食鲜美可口的浮游物，退潮时，闭紧嘴巴，储备好水分与营养，以防天敌侵袭。

螆如莲子，肉身藏于圆筒形的硬壳中，有人形容像石化的龟头，未免有点恶趣味。我在海边捡到过螆的空壳，壳里的肉，已被鸟或别的螺吞食，只剩下中间的空洞，古人说螆的壳"中通如莲花茎"，果然不余欺也。

螆的生存能力极强，海滨岩石竹木之上，皆可生长，石塘、大陈岛、东矶岛上，嶙峋的礁岩上都有它的影子，海边的木船上，也附着一大堆，白花花一片，颇让渔民头痛。它还喜欢攀高枝，攀附在龟背、螺壳、龙虾、螃蟹、蚌房上。菜场上买回家的贻贝，壳上也常见螆。

螆攀高枝，甚至会攀附到鲸鱼身上。为了不让游动的鲸鱼把它们甩下来，就将坚硬的外壳嵌入到鲸鱼的身体中，越长越多，远远望去，如钉了一排排纽扣。自从攀附上高枝后，它们就跟着鲸鱼周游大海，吃喝不愁。我在南极，跟着冲锋舟出海，好几次

见到鲸鱼，我睁大眼睛看鲸鱼喷出高高的水花，也睁大眼睛找寻它身上附着的藤壶。这些寄身在鲸鱼身上的鲸茎藤壶，比寻常藤壶要美味，是老饕们趋之若鹜的极品。

四

古人想不通螂从何而来，就说螂是由水花凝结而成。在古人眼里，大海似乎无所不能，浪花飞溅，变成水母，变成水潺，变成鳗鱼苗，也会变成螂。

螂当然不可能是水花凝结而成的，它有着坚硬的外壳，通常被当成贝壳，实际上，它是雌雄同体的甲壳动物，是虾兵蟹将的远亲。当螂还是幼虫时，就找寻附着物，一旦选址成功，就会分泌出藤壶胶，这种蛋白质胶水黏性极强，能把身子与岩礁紧密连接。

大潮退去，礁石露出，讨海人出动。螂坚硬，附着力强，攀附在岩礁上，严丝合缝，徒手根本掰不下来。某年我去大陈岛，看到螂成簇长在岩石上，想到它的美味，不觉口中津液横生，就想把它从岩石上拔下来。结果费尽力气，都没法掰动，手还被割了一小道口子，海水一浸，火辣辣地痛。

岛上的渔民对付它自有办法，或用铁铲来耙挖，或用铁榔头敲打，敲碎硬壳，捡拾小肉。海边称之为打螂，听上去像是调皮

猴嘴非螺非蛤而有殼水花凝結而成外殼如
花辮中人生殼如卦上尖而下圓採者殼落墜
殼而取其內肉黑黃騰醉皆宜味物兒海漕若
石竹木之上皆生隨身重負螺殼卦房無所
不寄與蚶蠣相類故其殼亦可燒灰

張漢逸曰猴嘴初生水花凝結如井欄兩殼
中通如蓮花莖欄內人生兩片小殼上尖下
圓肉肉上有細爪殼十開殼伸爪可收潮內
細虫以食

的孩子不听话，大人拿着东西敲打它。

打螺是危险活，岩石湿滑，一不小心，会跌落大海。若有大浪打来、潮水卷来，躲避不及，亦会送命。故家乡渔谣道："螺嘴尖，螺肉鲜，螺壳又好卖铜钱，脱落水勿用买棺材。"现在海边人上岩石打螺，为了安全，会穿上救生衣。

家乡菜场上，一斤螺的价格，也就三四十元。比起国外一磅100多美元的天价，简直便宜得不像话。

芒种之时，南风送暖，杨梅红紫，梅雨也应时而来，螺的繁殖期也到了。此时的螺，肉质鲜嫩，渐带黄膏，最是肥壮。虽然肉只有丁点，抠抠索索不解馋，但鲜甜清口。盐水煮、清水氽，对付海边至鲜之物，这是最简便也是最常用的方法。扔点姜丝到水中，放点盐，水烧开后，再放螺，略微烫熟，就可捞上来。肉身的蛋白被蒸出来，披挂在藤壶身上，其汤鲜美无比。吃剩的汁水和螺肉，用来炖蛋花，加少量黄酒，隔水清蒸，海边人认为它能止胃酸，还可治疗疮。

螺生腌或熟醉，更有大海风味。加盐晒成的螺干，与咸菜同烧，酸爽鲜美。那种鲜味，排山倒海。

饭铲·江珧·杀猪刀

一

饭铲、江珧、杀猪刀，看上去风马牛不相及，说的其实是同一种海鲜——栉江珧。

栉江珧是海蚌，长得像黄牛角，有些地方称它为牛角蛤、牛角蚶，大名叫牛角江珧蛤。师兄老范到贵州旅游，带回几个牛角，送了我一个，看到它，我就想到栉江珧。前些年，我去柬埔寨，在工艺品店，看到两只猫头鹰，两只眼睛骨碌滚圆，呆萌可爱，雕在牛角上，这牛角的样子，像极了栉江珧。

早年，故乡的海边，常见栉江珧，家乡人称之为"饭铲"，因为它的形状，像渔家盛饭的饭铲子。四五月间，栉江珧旺发，渔民拿着耙子去滩涂采挖。有些地方称栉江珧为带子。我认为

栉江珧

"带子"的称呼相当无趣。没想到，潮汕人更狠，竟然叫它"杀猪刀"，听上去有几分戾气，还有些地方称它为海锨、老婆扇、割纸刀。即便你没看到过栉江珧，从这些名字中，大致也可揣摩出它的形象。

掰开栉江珧的两片贝壳，可以看到它的两块闭壳肌，一前一后地长着，后面那块肥大的肉柱，被称为后闭壳肌，大如象棋，莹白如玉。栉江珧厚实的闭壳肌，状如马腮帮子上的咬合肌，故有些地方，称江瑶柱为马颊柱，煞是生动。

栉江珧的壳上，有生长的年轮，仿佛一棵老树，要以年轮记住消逝的岁月。栉江珧壳薄而黑，敲之有声，壳可以雕刻。清初《闽小记》用诗一般的语言描绘过它："形如三四寸扁牛角，双甲薄而脆，界画如瓦楞，向日映之，丝丝绿玉，晃人眸子，而嫩朗又过之，文彩灿煜。"大的栉江珧有一尺多，上锐下平，壳顶尖细，顶上有珍珠般的光泽，古人拿魟鱼皮、鲨鱼皮装饰刀鞘，也有拿栉江珧饰物的。

栉江珧生活在咸淡交汇的海域和有沙泥的滩涂中，以壳的尖端立插于泥沙中，它的前端有一撮毛，类似于淡菜身上的毛，《海错图》的作者聂璜见之，大惊小怪道："然所最异者，有毛一股，其细如绒而多，似乎漾出。"栉江珧身上的毛，其实是足丝，跟淡菜身上的毛一样，起固定作用。它在大海里浮游，找到合适的泥沙，就分泌出黏液，尖头朝下，扎进泥沙中，宽的那面朝上，就这么静立在深水中。水流经过，轻摆身子，它的子子孙孙都在它身边，越长越多，密密麻麻一片。栉江珧无须游动，就吃喝不愁。各种藻类附在它身上，微生物也在它边上漂浮，分明就是送货上门。

江珧柱分泌出来的足丝，比头发丝还要细，被称为海丝，这种丝线，比金丝更为珍贵，阳光下，闪耀着金子般的光泽。采集来的海丝，在海水、淡水中浸泡后，清洗干净，纺成细线，可以织成美丽的衣物，德国自然历史博物馆，就保存着一双海丝编织成的长袜。

二

世人都夸江珧柱，说它鲜美无比，位列海味之冠，食后三日，犹觉鸡虾乏味。苏东坡把它与雪白的荔枝肉相提并论，说荔枝厚味高格，水果中没有一个能比得上，只有海味中的江珧柱、河豚与之相近，这个评价不可谓不高。

沙蛤之美在于舌，江珧之美在于柱。讲究吃喝的文人李渔，认为江珧柱、西施舌的美味，无物能出其右。他恨恨道，到了福建，西施舌尝到了，江珧柱却没机会吃，实在是憾事。

清代的查慎行更是好笑，此人是翰林院编修，念念不忘江珧柱的美味，"半生梦想江瑶柱"。他说自己大半辈子都在想着江珧柱。古代交通不发达，保鲜技术也推板，住在京城的贵人，想吃点海货不容易，偶尔打个牙祭，自然念念不忘，要写诗著文发朋友圈，以炫耀自己的口福。但朋友圈是个双刃剑，这么一发，也暴露出古人眼孔浅，没见过什么世面，吃到一点好吃的就大惊小怪。依我看，江珧柱的味道并没有他们吹得那么神乎其神，也许我生活在东海边，吃了太多的鲜货，味蕾已有点麻木。

南宋上流社会，江珧柱是豪宴的标配。南宋清河郡王张俊为高宗皇帝设的家宴中，有一道菜就叫江珧生，以鲜贝加鸡蛋清做成，鲜嫩无比。

南宋周密在《癸辛杂忆》中记载，南宋每有盛大宴席，就有

江瑤柱一名馬頰柱生海岩深水中種類不多殼薄而明剖之片片可拆

大如人掌肉緻而美其連殼一肉釘大如粟棋堂白如玉橫切而烹之甚

佳其汁白芳寫赤城得觀其形而嘗其味愚按江瑤義其肉之如玉也馬

頰似其狀之如馬頰也閩廣志內俱載但多誤書為甲柱

江瑤柱贊

煮玉為漿
調之寳鐺
席工奇珍
江瑤可嘗

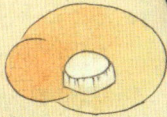

柱肉

江珧柱出现。有一次他看到盛放雪白贝柱的碟子，竟然是以乌银打造而成的仿真江珧，表面錾刻着贝壳肌理，栩栩如生，富贵华美。不免惊叹富贵人家的豪奢。

江珧柱味美价高，南宋时，便有人用猪肚仿冒，将猪头切粒烫熟，亦有爽脆口感，与生鲜江珧柱的口感倒也有几分接近。如同现在不法商贩以粉丝冒充鱼翅，以银耳制成燕窝。

东南沿海的粤、闽、浙，皆产江珧柱，若论品质，粤、闽之地的珧柱，不及浙东的珧柱。张岱在《陶庵梦忆》中，列举了各地风味，就写到浙东台州的瓦楞蚶和江珧柱。四五月南风起，江珧柱最为肥嫩。玉白鲜脆。张岱是世家子弟，一生好华服，好美姬，好美食。浙东台州的江珧柱能入他法眼，可见是绝顶好味。

三

过去东海岸栉江珧多，老家渔民并没有高看它几分，采到之后，扔沸水里一汆，外壳张开，现出中间雪白肉柱，蘸着调料吃。肉柱边上，还有肉团，肉团的味道比河蚌要好些，但不及蛤蜊肉。

江珧柱可以烤着吃，《临海水土异物志》中说玉珧似蚌，上大下小，把江珧柱烤着吃，味醇似酒。

江珧柱切成片汆水吃，味道更好。江珧柱片，如生鱼片一般，切得越薄越好，薄片莹白透明，放入滚水中一汆，迅即取出，置于盘上，玉白微卷，如玉兰花瓣，蘸点酱汁吃，香嫩中，有回味的甘甜。

栉江珧的干品非常出名，味道较生鲜的要醇香味厚。海中五珍，除了鱼翅、海参、鲍鱼、鱼胶，江珧柱也有一席之地。李时珍不喜欢鲜贝，说起新鲜栉江珧，一个劲地撇嘴，留下一行不堪的评价："如蚌稍大，肉腥韧不堪。"不过他对珧柱干品的评价很高："惟四肉柱长寸许，白如珂雪，以鸡汁瀹食肥美。过火则味尽。"

江珧柱有养阴平肝火之效，当年林则徐抵达伊犁后，积热于肺，咳嗽半月，经常流鼻血，晚上也睡不好觉，他写信给家人，让家人赶紧寄些江珧柱、鱿鱼、大鲍鱼、乌鱼蛋过来，以滋补身子。

上品的珧柱，颗圆粒大，鲜黄有光泽，煮汤、吊味，味美无可形容。珧柱虾米粥、珧柱焖冬瓜、虾米瑶柱草菇汤，在东南沿海常见。我第一次煮珧柱冬瓜汤时，失了手，抓了一把珧柱直接扔进锅中，冬瓜烧熟后，珧柱硬实腥气，委实难吃。第二次，就摸出门道，煮之前，用黄酒浸泡一晚，让它发透。再用大火烧开，文火煨软，珧柱在汤中久煮，鲜味渗入到食材中，清淡的冬瓜也鲜香入味，口感滑嫩，有珧柱特有的香醇之味。

珧柱烧粥，也极为鲜美，鲁迅在《两地书》中说，用火腿配

江珧柱煮了一锅，"阔了一通"。

江珧柱是干贝，但干贝不见得就是江珧柱。干贝有好几种，扇贝、日月贝风干而成的，也叫干贝，但味道远不及江珧柱。干贝中，江珧柱是头牌。

干贝做成的菜品，还有很多，我最喜欢芙蓉干贝、桂花干贝。芙蓉干贝与桂花干贝听上去很有诗情画意，其实跟桂花、芙蓉花都无关。前者是蛋清搭配干贝蒸制而成，雪白细嫩，有孤芳自赏的傲气。后者也是巧借花名，蒸好鸡蛋羹，干贝放上面再蒸，熟后，如桂花一般金黄，有秋天的灿烂明艳。

牡蛎记

一

牡蛎长得丑，拿起来还膈手。

知道牡蛎可生吃，是从《我的叔叔于勒》一文中了解到的。文中写道，一个衣服褴褛的年老水手拿小刀一下撬开牡蛎，两位太太的吃法很文雅："用一方小巧的手帕托着牡蛎，头稍向前伸，免得弄脏长袍；然后嘴很快地微微一动，就把汁水吸进去，蛎壳扔到海里。"

看到这里，我的思绪已经放飞到爪哇国，鲜牡蛎到底有多好吃？在哪里可以吃到？东海边有吗？至于落魄的于勒叔叔有怎样不堪的经历，压根儿没去想。

家里烧汤，常用蛎肉，蛎肉就是晒干后的牡蛎肉，也有蛤蜊

269

肉。父亲夏天烧咸菜汤、冬瓜汤、豆腐羹，放几粒蛎肉，立马提升了鲜度。有时，也拿蛎肉炒蛋或烧面。小时候吃的蛎肉，全是干货，读到课文，才知道牡蛎可以生吃，而且看上去很是美味。

第一次吃生牡蛎，是在东北。那年12月出差沈阳，特大暴风雪袭城，连着几天，被困在酒店，出不了门，更返不了家，飞机早已停飞。从早到晚，窗外暴风雪呼啸，声音如鬼怪。唯一可以安慰的是，这家五星级酒店，有不错的自助餐厅，牡蛎、三文鱼、金枪鱼、蟹脚、北极虾，放在雪堆盆中，由食客选吃。第一眼看到硕大的生牡蛎，我还没有把它跟干瘪的蛎肉联系在一起。直到看到牌上名字，才醒悟过来。

生牡蛎鲜嫩肥美，爽、滑、甜、脆，滑嫩的口感，是吃蛎肉干时从未遇到过的。壳中汤汁，有贝类特有的体液鲜味，清爽到不带腥气。自此爱上了这一口。

二

家乡多牡蛎。牡蛎也叫生蚝、海蛎、蛎蛤、蛎黄、海蛎子、蚝子等。闽南称为蚝仔、蚵仔，像是亲昵地称呼一个小孩子。它们寄生在礁石之上，以漂浮的藻类为食，外壳凹凸不平，长得丑怪，左右两壳，并不对等，古人认为牡蛎是咸水所结，附石而生。

礁岩上，一个个牡蛎块垒相连，如部队营房，连成一片。采牡蛎要用铁铲子，到礁石上把牡蛎连壳带肉铲耙下来，叫耙蛎。

浅滩岩石上的蛎肉，粒粒大如桐子，家乡称之为桐子蛎，学名则叫僧帽牡蛎。靠近深海的礁岩，牡蛎不易挖取，越长越大，有的大如草鞋，称之为草鞋蛎，学名近江牡蛎。野生的牡蛎可活几百年，它是雌雄同体的生物，气温低时，变成雄性，天热起来，变成雌性。活得越久，繁殖能力越强。三门海游善岙蒋村，过去以牡蛎出名，落潮时，村民把小船靠在岩壁旁，用长长的竹篙铁耙，使劲耙挖岩壁上的野生牡蛎，一次能挖一大篓。还有一些水性好、胆子大的村民，带着铁凿、铁锤，一个猛子，扎入水底，憋住气，把大牡蛎从水下岩石中凿下来，名为打蛎。

冬至到清明，蚝肉肥晶晶。蛎肉肥嫩细滑，白中带灰，旧时称蛎肉为"贵妃乳"，也可知其肥嫩。

古人认为，天下最美味的，不过是"南方之蛎房，北方之熊掌，东海之鳗炙（鳗炙即鲍鱼），西域之马奶"。牡蛎营养丰富，含钙含锌，海边人家不懂啥钙呀锌的，只知道吃了生牡蛎，力道好，人有劲。在浙东沿海，牡蛎跟海葵一样，被视为天然补品。牡蛎肥鲜，即便吃惯了螺贝的人，对牡蛎的鲜味，也要高看一眼。牡蛎肉，是南宋诗人戴复古的白月光，他赞道："入市子鱼贵，堆盘牡蛎鲜。"他老人家吃起牡蛎来，一吃就是一大盘。美国作家费雪为它写过情书，"外表坚硬，内必柔软，你是我今生

难舍的爱欲……"

昔年苏东坡被贬谪"烟瘴之地"海南儋州时，已经62岁。海南多牡蛎，苏东坡一吃上瘾，给儿子苏过写了一封家书，大赞儋州蚝肉鲜美，他说，冬至前两天，当地人送来了生蚝，对剖开来，得肉数升，壳中汁水加水加酒同煮，啧啧，真是太好吃了，之前从没吃过这么鲜甜的东西。那些个头大的牡蛎挑到一边，用炭火炙烤着吃。比煮着还要好吃！

在这封食蚝书的最后，苏东坡幽默地提醒儿子：儿呀，你可千万别把蚝肉好吃的消息告诉别人，否则不知多少官人要求自贬海南，跟你老爹争吃蚝肉了。

西方人也相信牡蛎能壮阳。牡蛎曾是罗马军团的军粮，是英雄豪杰的能量加油站。西方人相信，它能够激发出雄性荷尔蒙，拿破仑就宣称："牡蛎是我征服女人和敌人的最佳食品。"他曾连续一百天日吞百枚生蚝。德意志铁血宰相俾斯麦更是生猛，一餐就吃生蚝175枚。牡蛎是法国文豪巴尔扎克的灵感之源，一天之内，吃下144枚生蚝，下笔如神，他说："谁拥有牡蛎，谁就拥有世界。"

前些年到法国尼斯，刚好是夏天，白天看海，晚上数星星、吃海鲜。尼斯海边的生牡蛎，鲜到让人不知今夕何夕，我们一群人，直吃到桌上垒成山包，才踏着星光尽兴而回。那一次，我吃了平生最多的生牡蛎，也不过七八枚。我与名人、伟人的巨大差距，不但体现在智慧、才干上，也体现在吃牡蛎的数量上。

三

浙江一带，把牡蛎称之为蛎黄。徐珂《清稗类钞》记道，牡蛎以宁波的象山港及台州湾所产最著名，有大小两种。从前吃的牡蛎，都是野生的，现在，多为人工养殖。为了舌尖享受，也因为海洋生物的大幅减少，人们从被动地依靠大海提供海鲜，到主动开拓疆域自己养殖。故乡的水产养殖面积，位居浙江第一，养黄鱼鲈鱼、虾兵蟹将，也养牡蛎。

从米粒大小的小牡蛎，到肥壮的大牡蛎，需要两三年的时间。成千上万的牡蛎，像灯笼一样，被绳子悬吊在碧蓝的海水之中。这种吊蛎养殖法养出的牡蛎，味道接近于野生牡蛎。

深秋初冬，蒹葭苍苍，牡蛎鲜甜，朔风劲吹时，更是丰腴。海水越冷，肉越鲜美，为了挨过江南阴冷潮湿的寒冬，牡蛎蓄积了一身白肉和油脂，寒冬里的牡蛎，味道上乘，肉质柔软，口感清脆，开壳即可食，那种鲜味在舌尖，如台风席卷而来。从11月，一直到次年清明前，都是牡蛎的高光时刻。

渔家女子坐月子，吃黄鱼鲞，也吃蛎羹汤。牡蛎炖汤，汤汁如新鲜浓稠的豆浆，上面会结一层鲜皮。蛎羹汤有下奶之效，民间称之为子母汤。海边人还拿蛎汤醒酒。

有一年，在旧金山的渔人码头，吃过一道奶油鲜蚝汤，汤汁浓郁，热气如春风扑面，喝一口，鲜到每一个味蕾都舒服得叹

背代釘蠣率任春海鏡為意螺殼作盆而蠣房燒
灰所用為最廣其餘朝焠夕饗魚蝦螺蛤諸物滿
席皆是北人複其地觸目稱怪如入鮫魚之肆

牡蠣贊
蠣之大者其名為牡
左顧為雜未知是否

異魚圖云海馬収之暴乾以雌雄為對主難產及血氣
圖經云生南海頭如馬形蝦類也婦人難產帶之或燒
末米飲服手持亦可異志云生西海如守宮形亦云主
婦人難產愚按三說異志所云如守宮大譌閩廣海濱
水石多産此物小者雜魚蝦往往生得之晝拈水中辮
有划水叉翅而善躍非蝦非魚蓋海虫而以馬名者或
謂馬之為物必有鬣有之今此虫烏得稱馬予曰以馬
喻馬之非馬不若以非馬喻馬之非馬也

藥物海馬贊
四海一水萬物一馬
因物立名何真何假

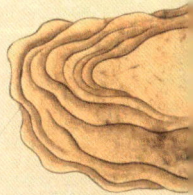

凍菜者蠣殼浸於潮水得受陽曦便生綠毛海人連殼
取而晒乾以售于市閩人洗而煮之去殼漉汁凝之為
凍故名凍菜夫石上之毛不能數凍而必取蠣殼之毛
者其肥澤在凝故其毛可用然止土人食之不及四方
價賤不足重耳夫凍菜之生於海也其理甚微而吾心
附於海錯者何也盖以海中蠣質慶幻無窮或凝而為
山或化而為石或溢之以結花或聚之以肥藻凍菜其
一節也

凍菜賛

凍菜之微等於溪毛

窮民生計利析秋毫

蠣黃產浙閩廣海垾附岩石而生福硯相連外殼
為房內有肉蓉如蚌胎而柔白過之其房能開合
潮至則開以受潮沫潮退則合海人取者以冬月
用斧斤剥琢始得飲饌中其味最佳尤以小者為
妙咀味之餘于齒以西施乳比之然吾鄉錢塘雖
近海而不產寧台溫則有而小閩廣尤饒蠣黃大

气，鲜味在舌尖欢快地跳着踢踏舞。汤喝完了，鲜味在舌尖不散，借用汤显祖的话："如画舫笙歌，从远处来，过近处，又向远处去。"

牡蛎大量上市时，街头到处可见牡蛎烧烤摊，海边人说话都带着一股牡蛎味。炭烤牡蛎，现撬现烤，将蒜蓉、姜末、酱等佐料，放入撬开的生蚝内，直接放到火上烤熟，蚝肉在炭火的烧烤下，慢慢溢出蚝汁，高温激发出它原始的鲜味。一口牡蛎，可以干掉半瓶啤酒。

鲜蛎肉吃不完，晒成牡蛎干，跟虾干一样味美。剩下的汤汁，浓缩成蚝油，是优质调味。

故乡还有牡蛎油煎饼，闽粤称之为蚝仔煎。剥出蛎肉，打鸡蛋，加葱花、番薯粉，或加白萝卜丝，搅拌均匀，下油锅，煎炸至金黄，咔嚓咔嚓，吃一口，脆生生的清鲜。

前些年，丹麦牡蛎泛滥成灾，丹麦驻华大使馆在官微发文求助，敝乡人民纷纷表示，愿意像白求恩一样，发扬国际主义精神，组团去丹麦吃牡蛎。生吃、烤着吃、煎着吃、烧汤吃、做饼吃、晒干吃、做成罐头吃。蛎肉吃光，蚝壳直接拿来盖房，"蚝宅"冬暖夏凉。蛎壳烧成蛎灰，或粉刷墙壁，或做成灰雕。饿了，扔几个鸭蛋到蛎灰堆，焐出一堆蛎灰蛋，清凉下火。对待牡蛎，敝乡人民除了有吃货精神，还有工匠精神。

东海夫人

一

在登徒子的眼里，
贻贝这东西长得有点
"淫荡"，壳大而厚，表
面粗糙，内里长毛。

沿海的贻贝主要有
三种，即紫贻贝、厚壳
贻贝和翡翠贻贝，形丑
而味鲜，长得大同小
异，只是颜色有所区
别。紫贻贝，壳长而色

厚壳贻贝

紫贻贝

紫，北人称海虹，贻贝的内壳壁上，有珍珠般的光滑釉质层，边缘部为蓝色，在阳光照射下，莹莹地发着光，斑斓如彩虹，故名。

厚壳贻贝，也叫乌头壳，外壳软厚，呈棕黄色。在家乡，通常称为淡菜、鲜彩壳。

翡翠贻贝壳软薄，产于南海，颜色最漂亮，翠绿色，阳光下，散发着绿幽幽的光泽，如孔雀羽毛般艳丽，它的小名就是青口，台湾把它叫作绿壳菜蛤或者孔雀贝，青口颜色最美，但肉质较前两者粗糙，台湾人通常把它烤着吃，在上面放一小块黄油，再撒黑胡椒、辣粉、蒜泥、椒盐，烤得喷香。某年我去台湾，朋友请吃饭，端上来一盘淡菜，朋友介绍说，这是绿壳菜蛤。我吓一跳，因为在浙东台州，"绿壳"的意思就是强盗。

二

淡菜的名字，令人费解，让人以为是什么"清淡蔬菜"。在古人眼里，大海每天潮来潮往，但贻贝只生活在泉水入海处的石头上，它爱这清清淡淡的泉水，不愿意跟着潮水回归大海，故名淡菜。

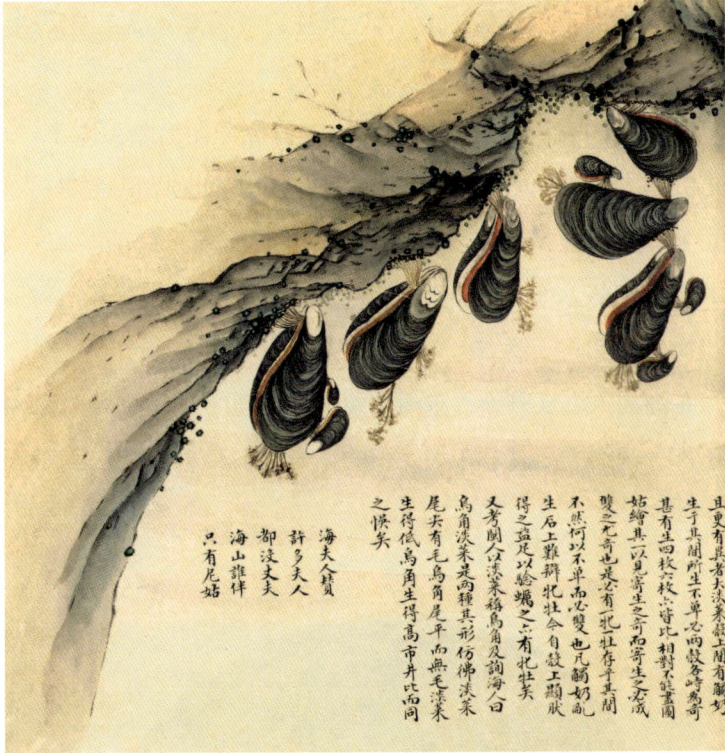

且更有其者大淡菜殼上閒有腸切
生于山閒所生不單必各峯高可
甚有生四枚六枝小尋比相對不生畫圖
姑繪其一以見寄生之奇而寄生之旁戓
雙之光者也光有一批壮在寺其閒
不然何以不單而必雙也光鹵奶血
生后上難辦批壮令自殼上顯狀
又荔閒人分淡菜榜鳥角及詢海人曰
得之盖尾以輪蠅之云有批牡矣
鳥角淡菜是兩種其形仿佛淡菜
尾夫有毛鳥尾平而無毛淡菜
生得低鳥角生得高市井只此而閒
之悞矢

海夫人賁
許多夫人
都沒夫夫
海山誰伴
只有尼姑

其实，生长在泉石间的贻贝，并非爱淡水，只是因为这里有石头，可以附着。还是《清稗类钞》解释得靠谱："淡菜为蚌属，以晒干时不加食盐，故名。"大陈岛多淡菜，岛上渔民晒淡菜时，的确是不加盐的。

贻贝壳内有粗硬的黑毛，古代的登徒子便给贻贝取了一个诨名，叫作东海夫人。之所以叫东海夫人，是因为贻贝状如妇人阴户，且有绒毛，故名。东海夫人，以形而名，貌似隐晦、文雅，实则粗俗。如同把男女洗手间，标为观瀑、听泉一般，把肉麻当风雅。

东海夫人名头甚大，东海有龙王，神通广大，呼风唤雨，无所不能。东海夫人并非东海龙王的正妻，东海龙王的正宫娘娘是

翡翠贻贝

东海龙母，东海夫人最多只能当它众多的嫔妃之一。大海中，还有俗名海男子的海参，状如阳物，中医认为它有温补功能，与滋阴的东海夫人正好配对。

东海夫人的浑名，是跟性连在一起的。实际上，贻贝身上的黑毛，叫足丝，能分泌出蛋白质，用来帮助它牢牢地吸附在岩礁、桥墩、浮木、船底上，让海浪无法把它卷走。贻贝身上的黑毛，是贻贝的生存工具，却被登徒子想象成女性的阴户。唉，这正如鲁迅所言："一部《红楼梦》，经学家看见《易》，道学家看见淫，才子看见缠绵，革命家看见排满，流言家看见宫闱秘事。"

三

大陈岛多淡菜，主要为紫贻贝和厚壳贻贝，多生于岛礁岩丛处。到大陈岛的渔家乐吃饭，黄鱼必吃，海鲜面必点，一盆白灼淡菜或春韭炒淡菜也是少不了的。

淡菜肥美，大量上市时，吃货们总要买上一堆，加海鲜酱、蚝油、葱、姜、蒜等调料，炒熟后，红润油亮，就着啤酒，一只淡菜一口酒，三五人，不知不觉，可以干掉一整箱啤酒。或者用水焯一下，蘸点酱醋，空口吃，味道也很好。

海鲜中，养殖的通常不如野生的味美，但淡菜是例外。养殖

的淡菜，壳薄而肥嫩；相反，野生的淡菜，壳厚而坚韧。小时候，家里吃的都是野生淡菜，现在，则吃养殖的淡菜，细究起来，养殖的淡菜的确更美味鲜嫩一些。尤其是繁殖期间的淡菜，生殖腺特别肥大，最是肥美。

海鲜里，淡菜的价格便宜。夏天淡菜大发，主妇常买新鲜淡菜回家，水烧开后，一堆淡菜，倒进水中，氽滚一下，等它的壳被烫开，就捞出来，蘸酱油、醋吃，肉质肥厚饱满、柔软多汁，鲜香得很。有时也拿它炒蒜头、炒韭菜，不过味道不如白灼的鲜甜。

淡菜肉煮熟晒干，就是淡菜干。梁实秋先生在《雅舍谈吃》中说贻贝晒干之后，"形状很丑，像是晒干了的蝉，又有人想入非非说是像另外一种东西"。梁实秋说得含蓄。

淡菜干自唐代时便被作为皇室贡品，被称为贡干。淡菜干跟蛎肉、蛏子肉一样，常用来放汤。烧冬瓜汤或丝瓜汤时，抓一把淡菜干进去，汤味鲜美。淡菜干烧肉也常见。

既然淡菜被称为东海夫人，按照古人以形补形的理论，自然被视为滋补之物。贻贝的蛋白质含量出奇地高，人称海中鸡蛋。在我们那里，说起壮阳的海鲜，除了沙蒜、生蚝、海马、海龙之外，也少不了淡菜。明代名医倪朱谟说它能补虚养肾。《异鱼图赞》中称道它，"形虽不典，而益帷薄"，帷薄就是分隔室内外的帐幔和帘子，代指男女。用大白话来说，淡菜这玩意儿看上去不太正经，不过吃了对男女之事大有好处。

蚶　记

一

蚶、蛏、蚌、蚝、蛤、蚬，这些贝族成员，两片坚硬外壳，包裹着柔软肉身。8000多年前的浙人老祖宗，就爱上了这种软体动物。

贝类长相各异，个性不同。蛤，外壳光滑，性子随和，是个小可爱。养在水里，总是伸出肉乎乎的小舌头，调皮伶俐的样子，挺招人爱的。热油一炒，马上开口，是十足的投降派。

蚶是死硬派，城府极深。坚壳似盾，壳背遍布放射状的条纹，楞上还有一个个的小疙瘩，如瓦屋顶，诨名就叫"瓦楞子"。这个愣头青硬壳的边缘有铰合齿，故两壳咬得铁紧。

蚶藏身在泥沙中，两壳微微露出一线天，等待着猎物的出

现。一只涉世不深的望潮探头探脑经过，它迅即发动突袭，两扇大门一关，望潮触须就被夹断，被它吞进肚里。这样的大餐，并不常有。平素里，它吃的是海藻和虾虮。当太阳猛烈，滩涂变干，滩涂表层会出现细小裂缝，蚶就藏身其下。有时走在滩涂上，冷不防还能踢出一只蚶来。

二

沿海的蚶有70多种，东海中，常见的有毛蚶、泥蚶、魁蚶、青蚶。蚶是极少数拥有血红蛋白的贝壳，其他贝壳则无血。故敝乡人视蚶为补物。

毛蚶和泥蚶，长在滩涂的淤泥中，是邋遢鬼。毛蚶与泥蚶长得像，只是毛蚶个头较泥蚶大，壳边长黑毛，且瓦楞纹路平浅，它是上海甲肝暴发的罪魁祸首，自此被打入冷宫，不许上桌。

泥蚶又叫血蚶、花蚶，其肉紫赤，烫熟后，一身血红的汁液，是美味的源泉，作家汪曾祺爱吃泥蚶，不加任何佐料，一吃一大盘，直到蚶壳堆成一座小丘，意犹未尽。他曾道："吃泥蚶，饮热黄酒，人生难得。"家乡有血蚶酒，以血蚶与酒同煮，是海鲜补酒。

有种比血蚶更美味的蚶，叫橄榄蚶。敝乡称它为斧头蚶。喜欢生活在有海草的滩涂上，因壳表白色，披一身橄榄色外皮，故名。比起血蚶，它肉质更鲜美，血液更鲜红，只是不常有。

魁蚶，是蚶中的大个头，壳缘有丝毛，也叫血贝、大毛蛤，肉质脆嫩鲜美，日本人叫它赤贝，是日料餐桌上的宠儿。魁，本意指一种头大柄长的大勺，有领头、高大的意思。古人认为，魁蚶是老蝙蝠化成的。

魁蚶虽大，但海边还有更大的蚶，"大者如斗，可为香炉"，清人李鼎元出使琉球时，品尝到一种大蚶，径二尺以上，围五尺许，至于味道，不咋地，他在《使琉球记》中感叹道：蚶虽巨大，但是肉味不及小蚶。水族之中，除鲟、鳇之外，愈大愈无风味，不止蚶这样。

客居温台多年的聂璜也说海洋深处有大蚶，大者如盉如盂。这种大蚶可琢成盛物的器皿，打磨后，莹白温润，有人拿它冒充砗磲。

珠蚶，是蚶中的小不点儿，鹅眼大小，身子扁圆，味道很鲜美。

三

古人对蚶算不算生灵，有过一场著名的讨论。明末高僧莲池大师著有《竹窗随笔》，里面记录了"螯蛎充口"的故事。南朝齐梁时，何胤官至国子祭酒（大学校长），他兼通佛儒，为人宽

大不乃蛳亦云傳以采先虫之所傳也

飛蚵入豈欺予哉

絲蚶贊

呧之莹：抱布貿絲

絲勝於布即蚶而知

朱蚶殼作細稜如絲小僅如豆肉赤如血

味最佳福省賓筵所珍福州志有赤

蚶即此也或有悞作珠蚶者則非赤字

之意笑

朱蚶贊

物以小賣莫如朱蚶

刮而視之顏如渥丹

扇蚶本蚶形而似扇者也康熙戊寅吾鄉宗戚翁邁

近閩中談及有蚶如扇童年把玩扇肖條朱紋扇柄有

圓頭尤為奇絕杳堂棠苑魚部內宠載有海扇注云海

中有甲物如扇其紋如筑屋惟三月三日潮畫乃出然終

以未見不敢繪圖定歲之冬閩人駱肖岩偶於書麓中

檢淂惠我雖無朱紋而形確肖柄後連一片如手巾尤恔

扇蚶贊

名垂蠡蘭扇出蚊宮
閩人贈我奉揚仁風

綠蚶其紋細如絲也產閩中海進小者
如梅桃大者如姚核味雖不及朱蚶而勝
於布蚶鮮食益人酒醉亦佳凡海物多
發風動氣不宜多食惟蚶補心血獨然
入藥可治心痛五月以後生翅於殼能

布蚶其紋比之於布亦名瓦楞子闽
粤江浙通産此蚶可移種鬻焉故寸
有吾浙無布絲之不止此一種而浙
東多云花蚶古人所論亦惟此種攷范
震海物異名記曰瓦壠鑲殼建俬狀
如混沌錢紋外眉而內渠註眉為高棐
為疎此魁陸海蛤也

布蚶賛　一名瓦

嗟彼海錯風雨露宿
獨爾有家安居瓦屋

江綠似蚶而色綠產閩中福清等
海澄味亦清正二月繁生福州志有
江綠此物生於海水故色綠

江綠贊
形本蚶形　肉類蚶肉
穴泥則污居水則綠

厚，家中世代崇佛，不杀生。他嗜海鲜，只肯吃些鱼脯糖蟹之类的腌腊干货。有一次，想吃新鲜蚶蛎，又不想破戒，招来一帮太学生讨论，太学生钟岏摸准他的心思，说了一番话：车螯蚶蛎，没有眉目五官，长得混混沌沌，不荣不枯，比草木还不如，一身厚壳，没有声音没有嗅觉，跟瓦砾差不多，生来就是给人吃的。何胤到底还是下不了嘴，他道：螯蛎充口，亦是杀生。车螯蚶蛎是活物，凡有形质能运动的生物，就有知觉，至于眉目，其实也有，只是我们凡夫目力看不见。若真是吃了它们，那真是罪过罪过。

古人认为，蚶子有翅，五月能飞。聂璜在著名的《海错图》中，就画了几种长肉翅的蚶，其中一种布蚶，壳上有数十条楞子，因纹路如布，故称布蚶。布蚶就是我们常吃的泥蚶。另一种丝蚶，其纹如丝，色微黑，小者如梅核，大者如桃核，味虽不及朱蚶，但胜于布蚶。

聂璜相信丝蚶有翅，他写道，从前不解为什么把蚶叫成天脔，直到看到丝蚶飞上天，肉从天而降，这才明白。聂璜描述得绘声绘色："五月以后，生翅于壳，能飞。"他说丝蚶有丝，五月后，长出翅膀，能飞于天，海边人告诉他，丝蚶一飞就是一二十里。

蚶身上的小肉翅，其实是小海螺产的卵。卵囊轻轻摆动，如细小的翅膀。

会飞的蚶子，我未曾见过。但是，蚶田中，的确有蚶子会跑掉。光绪《乐清县志》记称，蚶苗中，小者如芝麻，大者如绿豆，有细陇、粗陇之别。蚶苗中的细陇，养着养着，就会飞走。能养的只有粗陇，养上三五年始成巨蚶。蚶苗逃走，渔民称之为"逃滩"。或许，它就是聂璜所说的长翅膀的蚶。

四

台州泥蚶自古出名。明末张岱在《陶庵梦忆》中，描绘过千里江山的美食地图，有北京的苹果、苏州的骨鲍螺、嘉兴的马鲛鱼脯、杭州的花下藕，还有萧山的莼菜、青鲫，台州的瓦楞蚶、江珧柱。

大海作田，是古老的智慧。家乡水产养殖业发达，位居浙地第一，蚶种在海涂上，称之为蚶田。自古以来，渔民种蚶、种蛎、种蛏。种海鲜如农夫种地，汗滴入土，才有丰收。大地与海洋，禾苗与贝苗，种谷与种蚶，都是天道自然。

长江、钱塘江、瓯江等江河之水，日夜奔涌到东海。江水把大山的泥土和养分带入大海，海水和滩涂中的各种营养物质十分丰富。宁波湾与三门湾，多优质滩涂，这里的海水温度、盐度、水质，特别适合泥蚶生长，养出的泥蚶，肉质微咸，口感极为鲜嫩。泥蚶繁殖期多在六七月间，幼蚶多生活在浅表层，长着长着

就会"钻"到泥下去，故称"泥蚶"。浙东泥蚶，在唐代和明代，都是上奉朝廷的贡品之一。三国时，浙东就开始种蚶。文献载："蚶之大者，径四寸，肉味佳，今浙东以近海田种之，谓之蚶田。"

种蚶如施法，蚶苗细如碎米，明末《物理小识》记道，宁波人把蚶磨成细细粉末，再与粪桶中的碱混合，用水调和，洒入蚶田，如农人播种，故称种蚶。而明朝的《万历野获编》是另一种说法，取蚶椎碎置于毛竹的细梢中，"其脂血滴入斥卤中，一点成一蚶。"玄乎得好像在布施法术。作者自己也笑道，这事说给北人听，人家肯定不相信。

三门有万亩蚶田，冬天播种下的蚶苗，至第三年年初才采收。种出的血蚶，是国家农产品地理标志产品，尤其小寒大寒，天寒地冻时，蚶最是肥鲜。壳坚鼓圆，肉脆微咸，汁多血红，称之为血蚶。血蚶放容器中，上压重物，不让血蚶开口，便可保鲜数日。

唐时，浙东海蚶成为贡蚶，唐元和四年（809）起，明州岁贡淡菜、海蚶各一石五斗。当时明州到长安，四千余里，动用的夫役多达万人，一贡就是十多年，官兵不胜其扰。后来诗人元稹出任越州刺史兼浙东观察使，他体恤百姓，上奏折给天子，说水陆兼运海鲜，"人不胜其疲"，要求免除浙东贡蚶。三年后，蚶役免除。

　　明州蚶役是免了，没想到，500年后，隔壁台州的海蚶成为明朝贡品，直送京师南京，又开始新一轮的劳民伤财、兴师动众的运送。

　　海鲜从沿海运输到内陆，需要花费大量的人力、财力与物力，为了保持海鲜的新鲜度，就要在速度上做文章。魏晋时就有快递，行车，每天70里，若骑马，能日行一二百里。宋朝出现急脚递，即用快马急速运送，最快能够日行400里。明代台州海蚶运到京师，也需数日，好在蚶子耐保存，放在涂泥中，数日还鲜活。朝廷贵胄吃着海蚶时，可否知道，到嘴的海蚶，也是粒粒皆辛苦。

春风十里，不如喂海蛳

一

过了春分，白天开始比黑夜长，南方的阳光和雨水充沛起来，大地接到神的指令，万物疯狂生长，江河湖海的螺蛳多起来了。

江南民间称螺蛳是"春日第一鲜"。螺蛳有淡水、海水之分，这一回说的是海水螺蛳。

海蛳又叫海螺蛳，在海边十分常见，有青蛳、乌蛳、黄蛳、香蛳、苦蛳。还有一种丁香螺，细长如锥，螺口白色圆润，如渔家妇女耳边戴的丁香（耳环）。海边滩涂多海蛳，密密麻麻，尖尖的小屁股，在滩涂的泥地里乱爬。

在螺蛳大家族里，海蛳并不起眼。它个头不大，圆锥形，外壳布满纵向的条楞。在海边，渔船出海捕捞上来的大小黄鱼、鲳鱼、墨鱼、带鱼等叫作大海鲜，退潮后，在滩涂上摸到的是小海鲜，有青蟹、招潮蟹、蛏蜞、泥螺、辣螺、花蛤、蛤蜊、蛏子、小白虾、海葵、望潮、跳跳鱼、海蛳等。

小海鲜虽个头比不上大海鲜，但美味不输于大海鲜，是大海馈赠给渔家的礼物。海边渔家，就算家里少油缺腥，没钱买菜蔬，退潮后，到滩涂上走一遭，总有一两样鲜货到手。一到海水退潮，几公里长的滩涂上，到处是讨小海的渔家人，男人抓青蟹、捉望潮、钓弹涂，妇人捉泥螺、挖蛏子、刨蛤蜊，小孩子背着小竹篓，踩在棉花一样柔软的海泥上，忙着捡海蛳。

我有个要好的大学同学叫任传郎，我们叫他老郎，他娶了班上的女同学张爱萍。这些年，我每次到三门，都是他们夫妻尽地主之谊，带我玩好玩的，吃好吃的。前些日子，去三门讲了一天课，因为时间匆忙，这次他们没带我出海，领我去了蛇蟠岛码头边的海中岛渔家乐。这家饭店外表不甚起眼，但一动筷，味道让人吓一跳。用两个字概括，就是野、鲜。野生的小白虾、望潮、杜望、青蟹，好像从海水里直接蹦上餐桌，端上的葱油泥螺、清煮海蛳、红烧墨鱼、浓汤鲻鱼、葱油白蟹、家烧杜望、沙蒜咸菜汤……鲜甜鲜甜。美人讲回头率，资本讲回报率，饭店讲回吃率。这家饭店，来的都是回头客。

老郎说自己童年时常去滩涂捡海蛳，半天工夫，可以捡好几

短螄螺似海螄而短其殼甚堅而唇亦
濶故名螺春月繁生泥螺中不足珍也

鐵螄其色黑其殼堅產溫台及閩中海
蓬溫台冬閨即有而盛於春味亦美與
杭州白螄不相上下產閨者不佳而麦
螄之候則皆同也

短螄螺贊
似螄非螄
螄中之螺
春月海蓬
繁生甚多

鐵螄贊
黃海為盐
乃又有鐵
爐而冶之
固用不竭

海螄白色者産江浙海塗三四月大盛
販夫煠熟去尾加香枓薑於市吾杭立
夏比屋以焰燒新豆櫻桃海螄為時品
然五六月後則海螄盡變不但化蟹並
能為小蜻蜓鼓翼飛去

白螄賛
喞咋尋味
芙在其中
咀唔難出
必然不通

銅螄其色如銅亦名青螄産閩中海塗
閩人呼為莎螺以其生斥滷草澤間也
亦以春深發然味苦不堪食

銅螄賛
銅螄味苦
喜者難逢
放豪年火
變為老銅

斤。捡来后，在篾箩里水冲手搓，反复汰洗，直到水变清，再滴上菜籽油，让它们吐出秽物。烧之前，剪去海蛳屁股，烧熟后，可以佐餐，也可以当零食吃。老郎绘声绘色一说，听得我很是神往。就想着什么时候赤脚下到滩涂，跟着他捡一回海蛳。

二

清明前的海蛳肥嫩异常，家乡人称之为亮眼蛳。说吃了后，眼睛会清亮。春天容易上火，上火后，嘴上起泡，身上长疱，眼睛发糊，所以春天要吃清凉败火的东西，如凉拌马兰头香干，如荠菜香干，如清炒海蛳。临近清明，天地之间的食物格外鲜美，不管是荤的素的，不管是山里的、海里的，一味地鲜甜鲜美，故家乡有"清明边，碗碗鲜"的说法。

海蛳与韭菜爆炒，鲜香无比。春初韭肥，夏晚蒜苗，初春时节，韭菜青碧清新，着一身青衫，在风中水袖轻舞，如青衣花旦。海蛳一身缁衣，乌黑之中泛着青绿。炒好后，韭菜有一夜春雨后的小清新，而海蛳亦泛着油亮的光泽。挟一颗海蛳，放嘴中一吮，那鲜美的螺肉落入嘴里，有绵长的香，悠长的鲜，美味又有嚼头。或者以暗红的腊肉丝、碧绿的大蒜叶与黑青的海蛳同炒，一番颠鸾倒凤，冬天咸肉的咸鲜与春天里螺肉的鲜香完满地结合，相互滋润，是多重的享受，更何况，还有养眼的绿肥红瘦，无论色与味，都是春天的味道。

最简单的，则是清水煮海蛳，把水烧开，放一小调羹盐，加点香葱和姜丝，香葱提味，姜丝去腥，把洗净的海蛳哗啦啦倒进去，不到一分钟就氽熟了，原汁原味，混着葱姜的香。简到极处，却也鲜到极处。

海蛳的肉，丁点大，但鲜香有嚼头，过酒尤其好，是真正的过酒坯。拿它过酒，比油炸花生米和煮毛豆强多了。它跟香螺一样，尾部的胶状物最是鲜美，这螺尾巴相当于螺的肝，不识货的人，觉得那是海蛳的脏肚肠、腌臜物，弃之不食，而海边的吃货，最爱的是鲜嫩肥美的尾部，略微有一点苦，细嚼之后，有回味的甘甜。拿来下酒，简直妙极。

海蛳还有几个堂兄弟，清代台州秀才蔡骧《土物小识》记："如海蛳而断尾者，曰牛屎蛳。至秋能变虻。如海蛳而厚壳不中食者，曰铁蛳，一名河贝子，能变麦秆虾，曰刺蛄。"蔡老夫子说，海蛳中的牛屎蛳和铁蛳，秋天能变成牛虻和麦秆虾。古人的脑回路真是奇特。

三

从前，一到水仙花开，就有小贩挑着担子到城里卖虾蛄，等到桃花开时，则是卖煮熟的海蛳。海蛳放在两只脸盆里，用担子

一前一后挑着。也有老妇人挎着竹篮沿街叫卖。清明前，叫卖声越发响亮。那时卖海蛳，是以小酒盅当量杯，盛满一杯，只要一两分钱。秤好后，倒在小纸包或桐子叶上，递过来。

海蛳到手，欢欢喜喜捧在手心里，微微一吮，海蛳肉"嗞溜"一下，就溜进唇间，是鲜香无比的零食。广文路上有家电影院，门口常年有卖烧饼、卖海蛳的，海蛳上撒几条红辣椒丝、黄姜丝和碧绿的葱花提色提味。电影开场前，不少人会掏一两分钱，买一两捧海蛳，带到电影院里，边看电影边吮海蛳，电影院里响起一片窸窸窣窣的声音，成为电影的背景音乐。有电影可看，有海蛳可吮，是少年时的美好时光。

清明前，所有的螺蛳都鲜美，不管是淡水还是咸水。但论起肥鲜度，还是海蛳更胜一筹，清明螺，已经赛肥鹅了，但在海边人眼里，海蛳的鲜甜，用肥鹅形容远不够，他们道"清明一粒蛳，抵过一头猪"，又道"清明吃粒蛳，好似平时吃只猪"。虽说夸张得有点离谱，但也说明清明海蛳之鲜香肥美。比起小溪或者水塘中的青壳螺蛳，来自滩涂、在海水冲刷中长大的海蛳，明显要鲜上几个等级。飞在天空上的鹰，是不会留恋地平线的。吃过海蛳的人，是不会惦记淡水螺蛳的。

每到春天，草木蔓发，春山可望，我总要来一盘海蛳，那是春天和大海的双重气息，还有余韵流长的故土气息。定居杭州后，海的气息离我远了，因为事务繁杂，回老家的次数也少了，老朋友问我几时回，我总说最近很忙，回去的时间难敲定，颇有点"我问海山何时老，清风问我几时闲"的味道。过了一个漫长阴冷的冬天，寒尽春生，疫情也挡不住春风十里，繁花似锦。我想，是要找个时间回老家喝海蛳了。

红树林,虾蟹贝的乐园(周凌翔 摄)

后　记

《东海寻鲜》是我"有味道"系列的第三本书。

这些年来，我持续书写故乡的人文与风物，从《台州有意思》《大话台州人》《山海之间的台州女人》到《大地的耳语——江南二十四节气》《江南草木记》，直至"有味道"系列的《无鲜勿落饭》《江南小吃记》和《东海寻鲜》。我写这么多，是想为故乡存一份风物志，也为自己沉淀一份过往岁月的印记。

风物人心皆故乡。美食的背后是地理和风物，民俗和风情。美食将人与人串联起来，所以，写美食，又不止于美食。在寻鲜的过程中，我深入到海岛、渔村、水产养殖场、海鲜交易市场以及大大小小的菜场，与一个个有意思的人打交道，听他们讲一个个有意思的故事。

"有味道"系列的第一部《无鲜勿落饭》入选百道网年度好书榜、当当年度好书榜等，加印了七次，并在中国台湾出版了繁体字版；第二部《江南小吃记》列入2022年"农家书屋"重点图书推荐书目，获得了读者朋友的认可和喜欢。《东海寻鲜》延续了这两本书的风格。书稿完成后，意犹未尽。于是"有味道"的第四本、第五本，又列入我的创作计划。

我出生在杭州，在外婆的陪伴下长大，我把童年给了杭州，把少年和青年给了台州。2016年，我重返杭州，安家钱江南岸，彼时中山中路的外婆家，已被拆迁，外婆也离世多年。在杭州的东南西北角中，钱江南岸是离台州最近的区块。钱塘江水滔滔，流向壮阔东海。一条大江，联结起我的两个故乡。人在杭州，但我与台州的关系并未割裂，反而更加亲近。人离故乡越远，心与故乡越近。就像我在台州时，从未忘记过杭州。

这些年来，我陆陆续续出版了二十多部书，在写作过程中，得到家乡父老的关爱和支持。感谢杨建武、何玲玲、吕振兴、卢微微、车洁琼、潘美云、王荣杰等师长和朋友，多年来对我的关心、帮助和鞭策。

感谢外婆，一手带大了我，在外婆身边，我得到了最多的爱。她的马兰头香干、梅干菜扣肉和红烧带鱼，点化了我的嗅觉和味觉。感谢父亲，在潜移默化中，培养了我对"鲜"的热爱，只要他在家，满桌子都是山海风味。中国人，不擅于说爱，从来都是以食言爱。感谢堂兄王民安，他办过海鲜养殖场，有一肚子的海鲜故事，熟知方言俚语，在他身上我获益良多；感谢厦门海洋专家、作家朱家麟，与他的多次交流，加深了我对闽粤海鲜的了解。感谢大学同学任传郎，多次陪我上岛下村，带我品尝大小海鲜。三月春风一起，他又召唤我去岛上追鲜了。

感谢新荣记创始人张勇，在我"有味道"系列的采访和写作过程中，多次提供帮助。他一手打造的新荣记，摘下了全中国最多的米其林星，他是当之无愧的"食神"。他与《舌尖上的中国》《风味人间》总导演陈晓卿，美食家、作家沈宏非，都是中国美食界的顶流。感谢他们仨对本书的倾情推荐。

感谢浙江出版联合集团副总编辑、浙江人民出版社社长叶国斌和本书的责任编辑余慧琴，为本书的出版所付出的心血。

特别要感谢的，是著名海洋专家赵盛龙教授，不但细心审阅了书稿，指出了文中的谬误，还主动贡献了精彩的海鲜图片。本书中未署名的海鲜图片，均为赵盛龙教授提供，这些鲜活生动的图片，为本书增色不少。

感谢读者朋友的一路陪伴。

江山辽阔，大海深邃，风物美好，我会一直写下去。

王寒

2023 年 3 月 14 日于杭州